JN110694

ドイツ語のヘクサメタ

松波烈

der deutsche Hexameter

Retsu Matsunami

松籟社

目　次

凡例

・引用した原文に長短記号・詩脚番号・語脚名・アクセント記号・音符などの記号を付すが、断わりのない限りは、すべて引用者によるものである。

・訳注を記すときや原語原文を表示するときに〔　〕に入れている。これは、引用原文の一部分である（　）とは区別されたい。

・★1、★2……は註を表わし、註記は章末に記載した。

序論

改造者たち

　18世紀の後半、言語改革者の詩人 Fr・G・クロプシュトック (1724–1803) が、古典韻文を応用した文学ドイツ語を構築し、続いた人々が、ギリシャ語・ラテン語を用いて新高ドイツ語の改造実験をしていた(本書の中で「ギリシャ語」と書くものはすべて古代の古典ギリシャ語のことであり、それ以外の例えば現代ギリシャ語等のことでない。「ラテン語」と書くものも同様、中世ラテン語等のことでない)。

　これらの古典語は、たしかに、当時のヨーロッパでは学校教育の範囲内で学ばれうるものであって、まれで特殊な学習項目というものではなかったが、とはいえ、詩人たちがしていたことは、言語の問題として言い直せば、古代ヘレニック語派／古代イタリック語派／近代ゲルマン語派という時空を超えた3語派にまたがる言語混交、そのような稀で特殊な営為であった。

　言語混交といえば、例えば、異言語の文献を自言語のシンタックスで読解する漢文訓読、意思疎通のための折衷言語ピジン、ギリシャ語の韻文を模倣していたラテン語、ミチフ語などの混成言語、異言語の過剰移入とされるオスマン語、外語語彙が流入しすぎている現代英語、といった例がある。こういったものの中で、本書が描く営為は、異言語の論理と方法を取り込んで表現を深化させようという明確な目的があり、異質な言語に沈潜することで逆説的に自言語の文学を開拓しようとする、非日常的で特殊なものであった。ではあるが、広く見れば実に400年間以上続いていたものであり、19世紀

には、代表的なドイツ語詩人のほとんどを巻き込んでいた。記録的な量のテキストをうみだしており、比較的知られた作品だけでも、15万行を超すドイツ語版ヘクサメタ詩行が書かれていた。

　本書を読むと、音節単位に視野を絞った議論に対し、なんとこと細かなことに拘泥するのかという印象を受けるかもしれないが、それはこの分野に通じていないがゆえの印象という面もあって（通じていない人には、どういった分野での営為であっても、なぜそのようなことが大事なのかが皆目わからない重箱の隅つつきに見えてしまうものだ）、実際は、数世紀にわたって、韻律・翻訳・歴史・言語・教育等の方面から膨大な文献が言葉を費やしていた分野である。

　それを一言で呼ぶなら、一応 „Klassizismus" ということになる。英語（classicism）と同じような語だが、「（擬）古典主義」等と安易に邦訳してしまうと、原語の含みが損なわれるから、原語のまま提示する。この語だけでは、バロックやロココに反発する造形芸術などのことだったり、特にフランスのことを念頭に置いていたりするし、ワイマール古典主義を „Weimarer Klassizismus" と表記したりもする。一方、特にクロプシュトックおよびその前後の人々を „Klassizisten" と呼び、特にその古典模倣運動を指して „Klassizismus" と呼ぶことがある。例は ［Elit: 39 ff.; Häntzschel: 245, 250, 258; Heusler 1917: 14; Kitzbichler: 115; Krauss: 318 ff., bsd. 342; Sengle 1972: 468; Steckner: 79］ 等無数にある。字面を見てのとおりクラシックや古典という意味ではあるが、その方面に偏りすぎているという非難がこもっている。つまり、擬古調であるとか古典偏愛であるとかいった意味。古典の世界に沈潜しすぎているのである。沈潜していたのは、自言語の可能性を拡げようという言語改造プロジェクトだったからであるが、そういった積極的な面は看過されてきた。もし看過せずに着目すれば、もし、古典趣味に耽っていると忌み嫌われてきた人々の意図と論理を見定めれば、どのようなことが言えるであ

6

ろうか。

　2008 年から「新しい古典古代〔*Transformationen der Antike*〕」叢書の刊行
が始まっており、現時点で 60 巻近くに達するような非常に有力な古典古代
主義研究のプロジェクトであるが、„der deutsche Klassizimus" という言葉を
肯定的に用いて、ヴィンケルマン以降の古典古代志向を指すようにしている
〔Kitzbichler / Lubitz / Mindt: 17 Anm. 10〕。

ステレオタイプ

　古典を志向していたと一般的に知られているのは、上で触れたワイマー
ル古典主義であろう。1786（1794）年〜1805（1832）年、ゲーテ、シラー、
Chr・M・ヴィーラント（1733–1813）、ヘルダーの 4 巨星（Viergestirn）に
よる文学だ。こういった人々でも、いや他に G・A・ビュルガー（1747–1794）
やヘルダーリンといった人物でも、あるいは古典志向と距離がある人々で
も、古典古代を取り入れることがあり、ときに Klassizismus という語を添え
られたりするし、また、擬古流の人々と様々に関わり合い影響し合っていた。
いま挙げた人々も全員、多かれ少なかれヘクサメタ詩行を残している。ビュ
ルガーなど意外だろうが、例えば〔Bürger 1844: 404, 420–422, 435, 509〕があ
る。ヴィーラントは例えば *Der geprüfte Abraham*〔Wieland〕。

　擬古の風潮に近づくことは、ドイツ文学研究で肯定的にとらえられない
（ドイツ文学研究の外でならそうでもなく、例えば 50 歳頃のゲーテが擬古風
の叙事詩世界に没頭したことが、ゲルマニスティクでは、大偉人の経歴瑕疵
として一方的に否定されがちである一方、西洋古典方面からはまず肯定的に
とらえられ、没頭の成果である『アキレス物語』のたった 651 行がとてつも
なく丁寧に研究される）。文学史の綺羅星たちが擬古流の悪しき風潮に染め
られていたととらえられる。

　とはいえ本書は、どういった表現者が正しいものであり讃えられるに値

するか、どういった表現者が間違っていて忘れられて当然かといった議論、○○は××というものであったのだといった、何の事実に基づいているのかよくわからない議論には、関与しない。そもそも、そのような分類など、当時には存在していなかった。自分たちが後にどのような歴史をたどるのか、どのような後世に迎えられてどのように分類され評定されるのか、そのようなことなど、当時の今を生きている時点では、知るよしもない。ただ、それぞれの表現があり、それぞれの人生がある、それだけのことにすぎない。それを現在の今から裁量し判定するのは、認知心理学でいう**後知恵バイアス**（hindsight bias）というものに相当するだろう。後の視点（hindsight）から、そのように見えてしまうという見え方から、一方的にかつ無意識に、カレラハ××デアッタノダと決めつけてしまう性向。△△年代は▲▲の段階であった、□□は■■のための時期であった、とストーリーを造り上げ、そのまま思うのみにしてしまう無意識的認知。それは、今ならそのように見えるというだけのこと、「後知恵」の作用であるにすぎず、実際には、当時の人々が現に何であったのかというのは、永遠に決めることができないはずだ。

　とはいえ、現実を見れば、バイアスに染まらずに古典志向を論じているほうが稀である。特に20世紀の間だが、否定的な評価を下すのが通例で、結構な量の言説が蓄積されている。19世紀の終盤、特にヘーンの論［Hehn］あたりから、古典志向の人々の活躍と詩学体系がワイマール古典主義者らに悪影響だったという言説が繰り返され始め、J・H・フォス（1751–1826）、A・W・シュレーゲル（1767–1845）、A・v・プラーテン（1796–1835）といった人々が告発されてゆく。そういった場合に、テキストの文言そのものに直接当たることをしない点が特徴的だ。例えば、著名なシュタイガーなど、フォスの詩行を引用する上で、入手できないはずのないテキストには当たらず、何とホイスラーから孫引きしている［Staiger: 124 Anm. 13］が、一事が万事こういった調子であり、フォスらの文章そのものを読んでいる気配がない議

論が目立つ。一体、原典に当たっていない論評とは何であろうか。当たっていても、相手側の論理に身を置いて一旦は理解しようという姿勢に欠けた論ならば、何であろうか。そのようにして否定されてきたものとは、何であろうか。見たくないものは見ないのだろうか。今その否定の文言を聞いてみると、それは、ドイツ語の自然な音韻がギリシャ‐ラテン語の異質な音韻に矯正されていた、擬古流がそのような所業に手を染め、偉大な詩人たちに悪影響を及ぼしていた、というものである。テキストそのものには当たらず、伝聞で、そう繰り返す。

　ところで、そういったことが言われる 20 世紀とは、多様な展開の可能性を有していたそれまでの韻律論が、もっぱら音声強弱を論じるアクセント主義に貧困化してしまった時代でもある。一般的に、英語詩やドイツ語詩といえば「強」「弱」と理解してしまっているだろう。そういった色を付けて見たいだろう。たとえ、英語の音節は長短アクセントなのだと言われたとしても、聞きたくないことは聞かないだろう。わかりやすく言えば、強弱とはゲルマン的であり、ギリシャ‐ラテン的なのは長短である。実際には、周知のように、古典韻文にも、詩脚の拍子を取る ictus という強勢アクセントがあった［Anthon: 288 Anm. 1］わけだし、ゲルマン諸語の音節に長さ短さの区別がないはずがなく、例えばジーファースの古ゲルマン語韻律論［Sievers］など、エッダやサガや『ムースピリ』や『ベオウルフ』といったそれこそ「ゲルマン」を代表するテキストの音節長短を研究しているのだし、あるいは、ドイツ語詩学アクセント主義の代表のように引用されるホイスラーなど、韻文を音楽として扱い詩作品を音符やリズムで考察している論者である。

　とはいえ、ヒトの認知は、事実よりも、わかりやすい色分けに傾く。思想のカラーに自分から進んで分かれ、それぞれの旗の色にセクト化した上で論を張る。いま問題にしている否定者たちも同じ。そこにはあるのは知性というよりずっとはるかにイデオロギーかと考えられる。イデオロギーからは、

ゲルマン的なものにおけるヘレニズムとは、愚かな虚妄であり、許すべから
ざる異端であり、存在からして否認したい反乱分子である。

ゲルマンの巨人戦争

　現代と言えば、1970 年代の音声学方面の議論によると、クロプシュトッ
クの理論はドイツ語の音声を科学的に捉えている（第 1 章★ 7、10）。上述
の「新しい古典古代」叢書において、愚かで許しがたい分子たちの洞察と射
程を見定める研究が次々に現れている。本書でも数点参照している。19 世
紀を見ると、古典語を模したドイツ語理論は、詩学のみならず教育書におい
てもスタンダードなものだった（第 1 章★ 12、2-4-3）。他にも、肯定的な
論をいくつか本書で見る。そういった論は、合っているにせよいないにせよ、
いずれにせよ、対象のテキストそのものに当たってはいる。一方、否定した
い側は、相手の話を聞きもしない。信じたいイメージを鋳造し、固定化する。
多くの論が、固まったイメージをただ繰り返し、量産する。このような傾向
は、現代では、**ステレオタイプ**と呼ぶ。

　ところで、本書の主題である人々を明確な形で否定した最初の人物とみな
すことできるのは、19 世紀から 20 世紀にかけてのゲルマン研究およびドイ
ツ語詩学（をも大きく超えた）最大の巨人である A・ホイスラー（1865–1940）
その人である。ヘーンの論［Hehn］などは随想にすぎない。史学的功績は
最新の研究からは疑問視されるようになっているかもしれないが、韻律論で
はホイスラーを引用していないものはまず見つからないというほどに重要視
されている。今なおドイツ語詩学はこの人を過去の遺物とできていない。そ
してドイツ語ヘクサメタに関して何か話をするときには必ずこの人の一編の
論文［Heusler 1917］に依拠するものであり、［Heusler 1917］が 20 世紀ドイ
ツ古典韻律紛争の道を敷いたといって過言でない。いやそもそも、敵側のテ
キストを直接読み込みこれを引証もしながらその詩作と詩学を説得力を持っ

て批判できていたのが、管見の限りでは、ホイスラーただひとりである。徹底していたのも、真摯だったのも、研究の名に値していたのも、この人の論文だ。するとその後人たちは何だったのか。大人物が敷いてくれたレールに乗り、時流に付和雷同すること、それは、**同調**と呼ばれる行動とよく似ている。同調を促すものは、ステレオタイプである。ゲーテは偉く、プラーテンは失敗した詩人、ワイマール古典主義には価値があり、ホメロス翻訳者たちには何の価値があるのかわからない。ステレオタイプは、見たくない聞きたくない情報を遮断し、ステレオタイプの再生産と強化にただ従事するが、これが、今日非常に有名になった**確証バイアス**である。確証バイアスに陥れば、上述の「新しい古典古代」叢書におけるような見直し作業や革新的な仕事は、のぞむべくもなくなる。

　否定の世紀の前、18 〜 19 世紀にさかのぼれば、擬古流文芸の盛期だ。その理論が、ドイツ語ヘクサメタ・ドイツ語ディスティヒョン・ドイツ語オーデを書くための必須レシピだった。K・Ph・モーリッツ（1756–1793）の音律教則を、ゲーテとシラーが絶賛していた [Goethe 1990: 15 f.; Goethe 1992: 186; Schiller 1846: 10; Schiller 1876: 227 f.]。そのゲーテ・シラーに対してシュレーゲルなど、ディスティヒョン「思い上がってしまった人たち〔*Uebermuth der Verbündeten*〕」を書き、見下ろしながらこきおろす形であった [Heusler 1956 Bd. 3: 86]。

　さまざまな方面で古典古代をドイツ文化に実現しようとしていたのだが、ゲーテとシラーには、自分たちしか見えていなかった。「自然」だか何だか知らないが、ただただ生のままの感性とフィーリングで詩作しているだけ、方法論など置いてけぼりだ。そんなものは「自然」とは言わない。英仏古典から詩作や韻律をさかんに移入したが、方法も技量も確立することはついぞなかった。

Vielfach ſtrebte die Welt: euch ſchien's, ihr wäret allein da;

Euch hieß jeder ſo gern Pfuſcher und Naturaliſt.

Eure Hexameter ſind der natürlichſte Naturalismus:

Nimmer begriff eu'r Ohr jenes helleniſche Maß.

Was ihr Fremdes verdeutſcht, Shakſpeare, Euripides, Maro,

Voltaire oder Racine, Alles gepfuſchertes Werk!

［Schlegel 1846(2): 206］

　しかしそのシュレーゲルをゲーテが（そして W・v・フンボルト（1767-
1835）をシラーが）、詩作の相談相手としていた。理論家としてのフォスに終
生敬意を表していた［Goethe 1994: 181; Goethe 1998: 266; Goethe 2002: 360］。
　当時、確かに誰もが、古典を使った新文学言語創成の求心力に巻きこまれ
ていた★1。その中心では、異言語を自言語に移植することで、逆説的に、母
語の自然本然（Natur）に肉迫しようとする運動、表層的な単なる自然らし
さ（Natür*lich*keit）の深部の層で、硬質な力強い音韻を掘り出そうとする作
業が進行していた。言語の底部まで掘り抜く（graben）ような、アタマで考
え抜く（grübeln）詩作であり、がちがちの理論派が周到に用意しぬくという、
極めて不自然な創作姿勢である。ナチュラリズムの正反対。それは模倣芸術
として知られる営為に相当するものであるが、この場合は、音韻の模倣であ
る。すなわち、長い音節（longum）と短い音節（breve）という 2 種類の音
節音量をさまざまに組み合わせるギリシャ語 - ラテン語の韻律、そのリズム
芸術、これをドイツ語で再現し、そうして独特の音韻世界を築こうとする試
みである。しかし、ことは詩文にとどまっていない。古典模倣の理論によれ
ば、ドイツ語は、元来そもそもが、ストレスアクセント言語ではない。ドイ
ツ語の音節もまた、ではなく、ドイツ語の音節は実は、音量を弁別素性とし

ている。つまり新高ドイツ語全般に関して考えている。古典にあそぶ趣味遊興といったものではなく、言語の問題である。

よみがえる古代──英語にできなくてドイツ語にできること

第1章で見るように、西洋古典語の韻文は、音節を長（—）と短（◡）の2種類に分けることを基礎とする。たった2種類の簡素な二値体系だ。何が長音節で何が短音節かというのも簡単で、長母音・重母音（exēgī）が長音節、短母音でも複数子音で閉じれば（exegi・monumentum）長音節、そうでないもの（mŏnŭmentum）が短音節である。ローマ字通りに読むだけだ。口にしてみると、素直に長音節・短音節が聞こえるだろう。

この長・短の音節の配分が、古典の韻律である。例えばアスクレピアデス詩節というものがあって、第1詩行〜第4詩行の音節配分を定めている。4行で1つの詩節（スタンザ）になり、詩節が数個で1つの作品になり、この作品をオーデ（歌という意味）という。例えば第1詩行なら、———◡◡—|—◡◡—◡̆という音節配分だ。これは、「長・長・長・短・短・長・行内リズム区切り・長・短・短・長・短・長または短」という配分にするということ、ただそれだけのことを述べている図式である。ホラティウスの、「青銅よりも永続する記念碑」などといった邦訳で知られる詩があるが、アスクレピアデス詩節で書いている。第1詩行 „Exegi monumentum aere perennius" に韻律記号を付すと、

```
———  ◡◡—  —◡ ◡—  ◡◡
Exegi  monument' | aere  perennius
```

という音節配分になっており、上の図式———◡◡—|—◡◡—◡̆が確認できる。こういったものをドイツ語でどのように模倣するのか。すでに数世紀のあいだ古典語模倣を思案していて方法が蓄積していたところに登場する

クロプシュトック、この人が、先人たちのノウハウをよく知った上で、ア
スクレピアデス詩節第1詩行を、„Schön ist, Mutter Natur, deiner Erfindung
Pracht"〔Klopstock 2010: 95〕というふうに模倣する。*Der Zürchersee* の第1
詩行であるが、

$$\text{Schön ist, Mutter Natur,}\,|\,\text{deiner Erfindung Pracht}$$

という音節配分をしている。意味の重い音節が長音節で、そうでない音節が
短音節であるが、今はよくわからなくてまったく構わない。上の青銅の詩行
とリズムが相同である点を確認したいだけだ。もちろん詠んでいる内容は
まったく別、自然の造型力を讃えている。
　これはまだ始まったばかりの1行目のことであって、あと3行模倣が残っ
ている。それでやっと1詩節。詩節を何個も連ねて、1本のオーデを作る。
オーデを何十個も作って、1詩集とする。詩集も数巻出すかもしれない。韻
律も、他にまだサッポー詩節やアルカイオス詩節やその他その他がある。い
ま見た詩行は第3アスクレピアデス詩節であり、ホラティウスのほうは第1
アスクレピアデス詩節である。両者の第1詩行が同じ韻律。ヘルダーリンの
高名な作品も多くがオーデだが、クロプシュトックの理論と実践がなけれ
ば、書けなかった。しかし古典模倣の主力部隊はオーデではなくヘクサメタ
であり、こちらも古典を精確に模倣する。そしてオーデよりももっと大量に
作る。なるほど、いかに知識知識知識、知識と学による詩作営為であること
かがわかってくるだろう。いかに知識人が母語を外語の型で練造していたか
が、わかるだろう。なお、英語の「オード」は古典韻律とは一切無関係であ
り、雰囲気がオーデ風というだけのものである。
　近代ドイツ語詩事始めに当たるバロック期のM・オーピッツ（1597–1639）
以降、ドイツ語詩の中では、－は有アクセント音節に対応する記号、◡は

無アクセント音節に対応する記号でもあってきた。ただ、オーピッツ以前に
も以降にも、そこから現代に至るまでにも、ドイツ語が強弱アクセント言語
なのか長短アクセント言語なのかそれ以外なのかについて全識者が共通了解
したことなど、一度もない。ひらたく言えば、この言語の音声は、よくわか
らない。発音している母語話者だからわかるというものではない（何語でも
同じことだが）。だから色々な意見が出せてきた。ある種言いたい放題な状
況でもあり続けてきた。そのような中で用いられる − と ⌣ という記号は、
多義的になってしまう。古典系の詩学からすれば、強・弱などなんら表して
おらず、まったく文字通りのもの、古典通りのものだ。つまり、意味内容の
重い音節が発音の物理的時間が実際に（ミリ秒単位で）長い „Länge“ であり、
強音節なのではない。意味内容の重くない音節は短い „Kürze“ なのであって、
弱音節なのではない。（20 世紀にも、音節の長短を主題とする B・ブレヒト
（1898–1956）の韻律論［Brecht: 395–403］などがある。）これが、本書の主
役たちの立場だ。

　ところで、古典語では音節の長短は音節の形態的特徴によって決まるもの
であり、ドイツ語のように意味内容を云々することはない。19 世紀以前詩
学の言い方をすると、古典語では字をそのまますべて読むから、音節の長さ
の決定に際しては「文字面」だけに注目する。誤解が多いがドイツ語では文
字は常にすべて読むわけではない。例えば重子音がなく、Schiller の -ll- を
読んでいるつもりの「シルレル」などは誤りである。「シルレル」と書くの
なら「ゴトトフリート・ケルレル」と書くのだろうか。Schil- という音節は
ここにアクセントがあるから長いのであって、エルを 2 つ読むから長いので
はない（アクセントと音節意味は別なのではなかったのかと思われただろう
が、そのことは 1–4 で論じる）。では allein の all- などはどうだろうか。ここ
にはアクセントがないが、-ll- という文字面を見ると、古典語風には all- 音
節は長と読める。「アルライン」と読むのかどうかは確言しないが、とにかく、

15

長と読める。そして古典志向韻文は、この観点をも、部分的に採り入れていた。それは、トロヘウス（—◡）詩脚をヘクサメタに混入させないようにするためである。

なぜヘルダーリンは二流なのか

そう、本書が主題にするのは、オーデではなくて、ヘクサメタという詩行である。1行がひとまとまりを成すから、オーデと違って第○詩節の第○詩行という見方をせず、大体数百行が連なって1つの「歌」を成し、歌が連なって1つの作品を成すから、第○歌の第○詩行という見方をする。ただ規模はさまざまで、歌も成さない数行（ペンタメタとのセット）から、20歌以上2万行近くのものまである。これは重要なことではない。重要なことは、ヘクサメタの音節配分の図式が、

$$\overset{1}{-}\smile\smile \mid \overset{2}{-}\smile\smile \mid \overset{3}{-}\smile\smile \mid \overset{4}{-}\smile\smile \mid \overset{5}{-}\smile\smile \mid \overset{6}{-}\times$$

だということである。本論の論述のかなめとなることなので、ここである程度は覚えてしまいたいところではある。×という記号は、長短が決まっていない、どちらもありうるということを意味していて、アンケプスと言う（3-3-4も参照）。図式を読むと、ダクテュロス（—◡◡）またはスポンデウス（——）という詩脚を5回繰り返して最後の第6脚には多少違うものを置く、というものである。これらの用語も、後には頻用する。

さて上で言ったトロヘウス（—◡）詩脚だが、図を見ての通り、ヘクサメタには当然ない。ところが、ドイツ語でヘクサメタを作ると、できてしまう。例えば、ヘルダーリンの『エーゲ海』の冒頭、

1　　2　　　3　　　　4　　　　5　　　6
Deiner Inseln ist noch, der blühenden, keine verloren
－ ⏜｜－ ⏜ ⏜｜－ ⏜ ⏜｜－ ⏜ ⏜｜－ ⏜ ⏜｜－ ⏜

[Hölderlin: 232]

第1詩脚と第3詩脚がトロヘウスになってしまっている。それは、（甲）詩脚の後半(-ner, der)が意味の軽すぎる音節1つだけになっているからである。長長になりきっていない。古代にはこのようなものはない。ヘクサメタとは、

1　　　2　　　　3　　　4　　　　5　　　6
Vielfach strebte die Welt: euch schien's, ihr wäret allein da
－ －｜－ ⏜ ⏜｜－ ⏜｜－ ⏜ ⏜｜－ ⏜ ⏜｜－ ⏜

（シュレーゲル上掲詩行）

というようなものだ。上の図式と見比べたい。（乙）詩脚の後半に音節1つだけしか置けないならそれは意味が重く長音節になっていなければならない。今述べた（甲）と（乙）は同じことを別の面から言っているのであるが、このように話は多少は理屈になってくる。引用する詩行はその内容はどうでもよく、理屈や形を見ていくことになる。というか、内容などどいうあやふやなものは考えなくてよい。

　いま『エーゲ海』側のトロヘウスを見ると、-ner は短母音の開音節だから無条件で短音節だが、der には子音が複数続いているから、文字面上は長音節とも読める。この行を書いた人物が意識していたかどうかは定かでないが、鋭い古典志向なら、そう読む。古典にはないトロヘウスなど混入してはならない。もし(乙)が守れないなら、せめて古典風には長になる音節を置く。

　なぜこれがそれほど問題なのかというと、拍子が狂わないようにしたいからだ。実は、－ ＝ ♩であり、⏜ ＝ ♪である。1詩脚に4拍入っている。ダクテュロスまたはスポンデウスとは、♩♪♪または♩♩ということだ。書いてあるローマ字をすべて読むだけのことだから、実際に発音して確かめてもらえるといいだろう。シュレーゲル側はきれいに4拍子で進行する。ヘルダーリ

ンだとそれが狂う。むしろ、x́xx（♪♪♪）またはx́x（♩♪）の３拍子である。しかし古典は３拍子ではない。そこが大問題となる。シュレーゲルたちでもトロヘウス混入を避けきることはできない。危うい場面はどうしてもできる。そこでどうするかというと、あくまで意味の軽重から音節の長短を決めつつ（ドイツ語自体の特性）も、しかも同時に「文字面」としての音節音量原理も適宜用いる（古典語の特性）のである。（そうすると上の blühenden など古典側原理で ――― になっているではないかというと、そういうわけではない。これはそのままダクテュロスでいい。（甲）になりそうになったら初めて音節音量原理を持ち出す、ということである。）

　これが、異言語の原理の移植、音韻原理の改造というものである。そして、この段階にまでは、意味の強い音節が長という前提に同意できる者でも、いわばついてこれない。こんな読み方はできるわけがない。だがこの段階まで見届けなければ、模倣の真髄が見えない。古典詩は模写していたのでなく、模倣していた。コピーを行っていたのではなく、他社の設計図で自社の製造を行っていた。古典韻律というオープンソースの上にドイツ語詩独自のオペレーティングシステムを構築していた。

　トロヘウス詩脚というものをどう扱うかということについて、韻律学史上莫大な言葉を費やしてきている。誰もが何かしら一家言を持ち態度表明をしなければならず、トロヘウスをちょうつがいにヘクサメタが古典側に開かれるかドイツ語側に閉じられるかであってきた。シュレーゲルのように決然と拒否する者、それに賛同するフンボルト（1-6-1 以降）があれば、トロヘウスこそ詩行をヘクサメタをドイツ語にするのだからと肯定しているクロプシュトックがあった。一般的な、ドイツ語ヘクサメタにはトロヘウスがありますという教科書説明は、クロプシュトックを口真似しているだけのものであり、具体的なドイツ語ヘクサメタの歴史の重要な部分をすべて無視している。決然擬古主義者と分類されるプラーテンなど、次のように言っている。

ヘクサメタをドイツ語で書くようになっているが、古典語風にする上で
は、フォスによるホメロス等の翻訳が非常に参考になる。ただ、ドイツ
語ヘクサメタのあるべき形としては、クロプシュトックとゲーテのほう
が上だ。古典詩を模造していても仕方がない。古典から新たなドイツ語
詩を創出するのである。そのドイツ語詩では、トロヘウス詩脚というも
のは、あって当たり前のものだ。それもそうだろう、トロヘウスになる
合成語がたくさんあって、例えば Vaterland や Aberglauben や feelenvoll
など無数にあって、そんなところでトロヘウスを避けることなどどだ
い無理な注文だからだ。こういった語彙をヘクサメタから締め出そう
とすると、作為的〔人工的〕なわざとらしい処置しかなくなる。[Platen
1910(11): 159 Anm. **)]

プラーテンがこのような発言をしていたことを紹介している論者、またはそ
もそもこの発言を承知していると見受けられる論者は、まずいない。古典志
向の否定者たちはヘクサメタにトロヘウス詩脚を認めよと言うが、見てのよ
うに、プラーテンは思い切り認めている。しかも欲しいのはあくまでドイツ
語の詩作法、ドイツ語による古典ヘクサメタである、と言っている。否定者
たちの論調に反して、母語を忘れた古典一辺倒の者ではない。
　ところで、プラーテン自身は、こう言いながら、Vater-やAber-やseelen-と
いった詩脚を作ることは努めて避けていた。1-6-2で見るように、古典風ヘ
クサメタ作者の中で並外れてトロヘウスを排除していた。建前ではドイツ語
風ヘクサメタに軍配を上げつつ、実践では、トロヘウスを置いてはならぬ、
韻文とはこのようなものでなくてはならぬという意識を貫き続けていた（ま
た、挙げている３語は、上で見た文字面観点からすれば、即トロヘウスとい
うものでもない）。つまり、プラーテンの真意は、よくわからない。そうで

ある以上、この人を決めつけるのはいかがのものだろうか。韻律論ではこの人を決めつけおとしめる傾向が見られるが。

古典というプロジェクト

　本格的な擬古韻文学において第3世代と言えるのがプラーテンなら、第2世代と言えるのが、本書が主題的に取り上げるフォスという人物である。もちろん鋭く古典を志向しているのではあるが、単純に模倣しただけの詩行を書こうとしていたのではなく、古典を応用した独特の母語を獲得しようとしていた。クロプシュトックに宛てた書簡中で、「ドイツ語のヘクサメタはトロヘウス詩脚あってこそのもの、古典語のものとは違う、それはよくわかっています」[Briefe², 219]と言っており、しかも、プラーテンと違って実践でもトロヘウス詩脚の混入をいくらでも許していた（1-6-3参照）。とすると、古典風ではないのだろうか。プラーテンよりも古典志向不徹底なのだろうか。

　そう、このように考えるのが、後世の評者らの特徴、ありがちな単純図式化だったと言える。どの程度オリジナル寄りか、どの程度オリジナルの物真似に成功しているか、どの程度自分たちのカラーから逸脱している不逞分子か、といった枝葉末節論議。一方本書は、そのような論じ方から距離を取って、そもそも擬古流個々人によって古典の意義も応用の意義も異なっている、見えているビジョンが異なっている、と考える。トロヘウスを踏み絵に人々を仕分けし表現者を色分けするようなことはしない。どの程度擬古流かでなく、誰の擬古流かが問題なのである。

　例えばプラーテン、カイザーが（ホイスラーの二番煎じで）憎悪していた形式美の人プラーテン、結晶化した性愛感性のプラーテン（としてのアッシェンバッハ）を動かす要因と、まず第一に古代世界ならびに近代ドイツ語の行く末の思索者であり古典翻訳の事業を抱えていたフォスを動かす要因と

20

は、当然異なっている。また、インド・ヨーロッパ語族の外、中国語からオーストロネシア語族、アメリカ大陸先住民言語にも向かい、特定言語よりも言語そのものに関心を深めつつ、かつ根底には常に古典古代があったフンボルトがいる。他方、理論家で批評家であり多大な影響力のあった兄シュレーゲルがいる。弟にしか光が当たらないが、それは後世からの一方的な見え方にすぎない。そして、近代ドイツ語の今後将来についての省察を展開していた大洋のごときクロプシュトックがいる。はたまた、何よりもまず古典文献学者であり古代学者であったFr・A・ヴォルフ（1759-1824）がいる。

　これらの、韻律学上はひとまとまりにされる巨頭たちが、ひとまとまりであろうはずがない。韻律学の外では熟知されているように、各々の関心領域がありプロジェクトがあった★2。シュレーゲルにはシュレーゲルの古典応用があり、プラーテンにはプラーテンの古典応用がある。問題はあくまで誰かだ。異なる人々を十把一絡げにしたところで、興味深いものが見えるようになるとは考えられない。そして本書が主に取り上げるのがフォスである。この人の古典韻文とは何なのか。つまりこの人のドイツ語とは何なのか。

　それを見るのが第2章であり、主題は詩脚ならぬ語脚（Wortfuß）である。古典志向詩学の最高の理論的成果の1つと言えるものであり、他の言語・他の詩学にはおそらく類例がない。提唱者のクロプシュトックが『オデュッセイア』（出典は私が調査した）第9歌第39行を例にして説明している箇所を見よう。この詩行は、言うまでもなく、

$$\overline{\smile\smile}|\overline{-}\;\smile\;\smile|\overline{-}\;\smile\smile|\overline{-}\;\smile\smile|\overline{-}\smile\;\smile|\overline{-}\;\overline{-}\smile$$
Ἰλιό|θεν με φέ|ρων ἄνε|μος Κικό|νεσσι πέ|λασσεν,

という6詩脚から成っている。一方語脚としては、

$$\overline{-\smile\smile-}\quad\smile\;\smile\;\overline{-}\;\smile\quad|\quad\smile\;\smile\;\overline{-}\quad|\quad\smile\;\smile\;\overline{-}\;\smile\smile\quad|\quad\smile\;\overline{-}\;\smile$$
Ἰλιόθεν | με φέρων | ἄνεμος | Κικόνεσσι | πέλασσεν,

と分節する［Klopstock 1779a: 142］。実際に聴こえるのはこの5語脚のみである。詩脚はダクテュロスとスポンデウスしかありえないが、語脚は色々ありうる。この行だと、コリアンブ・アナペースト（×2）・第3ペーオン・アンフィブラハだ［Klopstock 1779a: 142］。ドイツ語のヘクサメタでいうと、次の2つの詩行。

    Wūt, Wēklāg',| Āngſtāufrūf | lāut āufſchōl | fōn dēm Schlāchtfēld

    Eīlĕ dăhīn,| wŏ dĭ Lānz | ŭnd dăſ Schwărt | ĭm Gĕdrēng | dĭch ĕrwārtĕn

                                             ［Klopstock 1779a: 149］

どちらももちろん ^{1}‾‿ | ^{2}‾‿ | ^{3}‾‿ | ^{4}‾‿ | ^{5}‾‿ | ^{6}‾ₓ という図式で書いているが、明らかに上の行が「鈍行」で下の行が「高速」である［Klopstock 1779a: 149］。実際に読んでみると、よくわかる。内容がわからなくても鑑賞できる。韻の鑑賞には、語学や素質など必要ない。まったく同じルールで書いているのに、まったく異なったルールで書いているかのように聴こえる。この2行は、兵士に溢れ返る合戦の風景を詠んでいる。古典志向の詩作、特にヘクサメタは、叙事詩用の韻律であることも関わって、戦争や自然災害など力が荒れ狂う風景や、神々や権力を絢爛に誇示するシーンを詠むことが多い。擬古派の詩世界とは、そういった、強い者たちがものをいう豪壮で峻烈なものである。このことは本書全体の論点と関わる。力動のイメージだ。

　さて、語脚というものは、提唱者自身によってこのように解説され、現代でも一般的にはこのように解説される。しかし話は単純でない。

シュティルナーが「俺」性について語るとき

　いま、図式にすぎない詩脚と、実際に体験されるものである語脚との違いを見たが、前者が「計測上の時間〔eine Stunde nach Ur〕」であり、後者が「知覚上の時間〔ſi [sic.Stunde] nach unſrer Forſtellung〕」である［Klopstock 1779a: 150]。詩脚のほうは「人工的〔kůnſtlich〕な脚」だとも言う［Klopstock 1779a: 144 ff.]。時計（Uhr）というのは確かに機械の直喩になっており、それはなるほど人工的である（それにしても時計時間という言い方は後のメトロノームの登場を想わせる）。しかしながら、実は、語脚のほうこそ、そうなのである。抽象的で体温の通っていない詩脚と違って語脚は感性の体験を映しているかのようではあるが、それは鑑賞に際してそう思えるだけのことであって、機械のように冷厳なのは語脚のほうなのである。というのは、語脚を意識して書くときには、詩脚など比べ物にならない煩雑でがんじがらめの規則を守るからだ。内容に合わせた音調にするために、堅苦しいほどの規則意識を貫く。上掲のクロプシュトックの2行は、他の律動をしてはならないのであり、自由が許されていない。

　確かに、韻文とは、詠んでいる内容に合わせた調子にするものであり、内容にふさわしい律動を作るものである。古典志向者たちの詩作ではこれが絶対の公準になっており、なるべくなどということは言わない。しかも、建前はそうでありながら、実際は、日常的で・自然で・くつろいだ・弛緩した・口語的で・堅苦しくない律動を排除している。そのような偏った志向がフォスにおいてはもっとさらに偏り、いつでも常に硬く強く烈しい律動を作らなければならないということになる。語脚というものは、提唱者や継承者らのテキストをよく読めばわかることなのだが、本当は、「人工的な」詩脚よりもはるかに人工的で作為的な韻律概念であり、はるかに緊張を要する峻酷な規則概念なのである。あやふやな内面（Vorstellung）などというものを捨ててマシンに徹しなければならないのである。

当時、ヘルダー、ビュルガー、ゲーテ、シラーなどが、形式の打破を掲げ、古典古代に自由につかみかかっていた。種々のヤンブス詩型をはじめ、古典語由来・ロマンス諸語由来・英語由来の詩型が自由に型を崩して、栄華を極めていた。ここでは、ルールなど、せいぜい弱強の詩脚ぐらいにすぎない。一方、クロプシュトックが、決まった型の語脚を決まった数だけ精確に配分した、硬直あるいは剛直の観すら呈するオーデ型を確立していた（古典の原型のみならず、自前のオーデ図式も作る。プラーテンも同様）。ヘクサメタに置く語脚はいかなるものでなけれならないかを考え抜いていた。音節を型に流しこむための意識的熟慮である。詩をアタマで書いている。ここでは、天性だけでは通じない。オーデにおいてクロプシュトックに続くことができたのは、目立った所では、フォスとプラーテンという、自由奔放などとは真反対の作風の 2 人だ。ゲーテはついにオーデに手を出さず、ヘルダーリンのオーデは型が崩れて「流麗で女性的な調子」[Previšić: 1] を示していた（文字通りの女性ではないことに関して第 2 章★ 5 参照）。今一度再考してもいいだろう。シュトゥルム・ウント・ドラング等が自由を求める戦いは、表現上の緊張感、意識を張り巡らせた人工性の極致のレベルほど加熱されては、果たしていただろうか。一見詩脚とちがって自由であるかのような語脚は、実践上は、過酷な規則に縛られている。特にフォスとプラーテンだと、語脚選択に際して、無節操な自由などどこにもない。気を緩められない表現世界である。そう、擬古流詩作では、自由精神の闘士らよりもずっと熾烈な戦いを、表現の戦場で遂行していた。Fr・H・ボーテ（1771–1855）が言うように、「苦難」の「闘い」[Bothe: XXII, XXIII] があったのである。

　ところで、自由に狂熱を上げる 19 世紀ドイツで、時代の気運に冷めている者がいた。M・シュティルナー（1806–1856）が、自由に水をかけていた、自由など要らぬと断言していた。

「自由」などというものは、信念や教条にすぎない。〔中略〕こんなもの
は、自分というものとはまったく違う。逃げたいのならあれやこれやか
ら逃げればいい。どのみち全世界から逃げることはできない。自由など
と言ったところで、自由であれる範囲は永遠に限られている。なるほど、
上役に対して色々な自由を確保しておくことは当然できる。支配者にも
心までは侵されまい。が、支配されているということ、上の者がいつ牙
をむくかということは、結局どうにもならない。どこまでいっても自由
とは一定の範囲内での自由にすぎない。全面的なものではない。ほとん
ど絵空事とも言うではないか。しかるに、自分が自分であるということ、
己というもの、これは全面的である。俺は全面的に俺である。逃げるの
は、俺の外にある俺以外のものからだ。俺が無力であるということだ。
他方、我が物にするというのは、俺そのものにすることだ。この場合に
は、俺が支配する。俺の側にこそ、力がある。〔中略〕心の中でいくら
己が自由だと主張しても、自分の存在を哲学的に自由と定義したとして
も、むなしい屁理屈にすぎない。しょせん、ある範囲内で自由であるこ
とができたりできなかったりするだけだ。一方、どのような境遇にあっ
ても、自分が自分であることは完全完璧なことだ。自分に対しても他人
に対しても、自分が自分だということには、何のむなしさもない。生き
ている以上自由はかならず制限され、何らかの支配は必ず受け、場合に
よっては官憲のお世話にもなるだろう。しかし、弾圧にあっても取り調
べにあっても刑に服しても、そこで痛いのは疑いなく自分であり、自分
が自分としてたしかに自分の苦難と制限を引き受けている点には、「自
由」教条などと違って、何のいつわりもない。[Stirner: 206, 207, 208]

当時、ゲーニウスたちが、創造の精神一派が無拘束の天上に（心の中で）羽
ばたいていた時代、自由大斉唱に興醒めしている者がいた。自由とはただ（限

られた範囲内で）何かから逃げている状態であるにすぎず、その何かである
のでもなければ、逃げている自分本人であるのでもなく、何の実体でもない。
一方、自分が自分であることは、何よりも実体的である。何からどれだけ自
由であり免れているかということは、シュティルナーには、どうでもいい。

　大事なのは「自分」に徹することだ。自分という一点の深化に努める表現
者は、浮かず飛ばず、地に足がついている。どこまでも地から離れないよう
に、擬古流は、過酷な桎梏を己に課す。そこでは、ふわふわした霊感がでは
なく、意識を張り巡らした頭脳が詩を書く。

強い芸術

　詩脚が機械という無意識的な抑圧装置を含意するなら、語脚は、意識の張
りめぐった高圧力を己に課す意識的な圧縮装置に他ならない。語脚というア
イデアを導入して人工的な詩脚の支配から解放しようなどという安直なシナ
リオがあったのではない。逆だろう。語脚はもっと人工的だ。弱い語リズム
を排除していたフォスも、言語をこの高出力の圧にかけていた。弱い語脚の
排除というのは、上で述べた古典語の「文字面」の音節音量の観点の導入
と同じく、そういうものがあると漠然と知られてはいるが精査はされてこな
かった事柄である。具体的にどのような状況だったのかを調査と数字で明ら
かにするのが第2章である。そしてここでまた、人工的な表現志向が脈動し
ている。というのは、フォスとその後続者たちがドイツ語ヘクサメタ詩行か
ら排除していたアンフィブラハ語脚（〜―〜）という語ブロックは、幹綴の
前後に無強勢音節が隣接しやすいというドイツ語の音韻特性上、頻繁に生じ
るものである。いや、非常に生じやすい、ありがちな、自然な語ブロックで
あり、ドイツ語の語脚の代表であってもいいようなものだ。そのような自然
な音声リズムを忌避し排除しようなどとする詩作は、意識的に過ぎるもので
あり、作為的に過ぎるものである。アンフィブラハ語脚は、力ずくの作為で

26

もって、意識的 - 人工的に排撃され撃滅されていた。これが擬古調詩作、特にフォス詩行の特徴である。その詩作は硬い。いわばついていけない。このことは当時から現在まで漠然と言明され、周知はされてきた。

　それを、理論と実作両方に目を配って精査するのが、第3章である。古典模倣詩の批評に際して最もよく言及されて来た技法、「スポンデウス狂熱」[Sengle 1981: 66] などとも呼ばれるドイツ語スポンデウス史の過程で成立した「滑奏スポンデウス」を重点的に見る。上で見たように、スポンデウスとは、長・長の詩脚（または語脚）である。ところで、単に長長であって音の高低が関係してはこない古典語のスポンデウスと違い、ドイツ語で長音節を連ねると、高低が付いてしまう（Wéhklàg’）。そうならないようにしたい。あたかも古典語のスポンデウスであるかのように聴こえさせたい。そのために、アクセントという語の高・低を、古典韻律のアルシスとテシスという詩の高・低で相殺する。これが、高低差をつぶして音を滑らかに引きずった（geschleift）スポンデウスである。滑奏スポンデウスを置けば、その箇所でドイツ語ヘクサメタがきまる。技芸がほとばしる。知る限りでは、ヘクサメタを書いている全詩人がこの技法を使っている。しかしフォスに関しては、それにとどまらない。その滑奏スポンデウスの目的は、高・長の音節をテシスに圧縮してエネルギーを内燃させることにある。内燃を繰り返して爆破寸前になっている高密度のヘクサメタを作る実験である。詳しくは3-3で見る。

　次に取り上げるのはフォス独自の語脚論である。7万行のヘクサメタを書いたとも言われているフォス [Schlegel 1828: 157] がどの詩行をも古典風にすることができている訳では無論ない。そのほとんどが翻訳であり、1行1行を原文に対応させなければならず、気が遠くなるほどの制約がかかっている（邦訳にあるような、行と行を合わせているだけの雰囲気翻訳とはわけがちがう）。トロヘウス詩脚も避けきることができていない。と言うよりも、上に述べたように、避けていない。他の擬古派が、トロヘウス詩脚を避け

て、極力スポンデウス詩脚とダクテュロス詩脚のみを置くようにして、ヘクサメタを古典に型取っていた時、フォスは別のことをしていた。トロヘウスの詩脚をいくら置いて古典語のヘクサメタからどれほど逸脱しようとも、実は構わない。ただ、詩脚のほうはよくても、トロヘウスの語脚は、努めて避けなければならない。例えばseelen/vollという語ブロックはトロヘウス詩脚と1長音節だが、語脚として見れば、クレティクスである。このようなものはヘクサメタにいくらあっても構わない。しかし、（アンフィブラハと同じく）弱いトロヘウスの語脚（上のヘルダーリンの /Deiner/ や /keine/）、これだけは、極力あってはならない。問題は古典風か否かではなくなる。強いか弱いかだ。弱く弛緩しただらしのないリズムは許し難く、とにかく強く硬く重厚なリズムでなければならない。これがこの人の詩作だった。

　このように、一分の隙も許されない、張り詰めきったヘクサメタ、ひたすらに**強い**リズム芸術を展開することが目的であり、もはや古典学者の枠に収まっておらず、擬古文学を超出している。力のための力、表現のための表現を求め、表現 - 表出においてのみ存在し、働き出ることそれ自体であるところの力。最初の主著から一貫して力の理論家でもあったヘーゲルが、『大論理学』の「力というものは無際限に増大しうる〔*Die Unendlichkeit der Kraft*〕」の節でこのような力を述べている。

　　力を持っていても、自分を持たない幼稚な段階では、限られたものでしかない。どれぐらいの力を持てるのかというのを自分以外の誰かに決められてしまっており、己というものが他人に依存している。他人に支配されているだけの弱い自分。どんなことをどのようにすることができるかというのが自分以外の誰かのさじ加減ひとつだ（ちなみに、どのようにするかということと何をするかということは別々のものではない。何ができるかによって方法が決まる）。こんなものは力とは言えない。力

というのは自分で自分を出してくることだ。先にも述べたが、自分以外
と戦いこれを抹殺することだ。そいつら「以外」を取り込んでいき、自
分の一部にすぎないものにしてしまうことだ。逆の見方をしてもいい。
戦うということは自分と戦うということでしかない。自分に成っていく
ということは自分で無くなっていくということである。他者から動かさ
れていてはだめで、それでは力など生じない。突き動かした者が自分な
のでなければならない。他者というのは私の力が認めてやって初めて存
在してよいものだ。力は自分しか見えず、他者などいらない。そして力
は戦うことでありそれが自分と戦うことなのだから、自分しか見えない
というのはその自分を抹殺することである。ある意味でここには外敵な
どはいない。それは内敵であり自分である。[Hegel: 154]

力とそのプロセスがこのようなものだとすると、力を追求している詩行は、
自己目的的な言語芸術であり、それ以外でありようがない。擬古趣味などと
いうものは、何の還元性もない、趣味にとどまる趣味、閉じこもる自己完結
だと思われるだろうが、もちろんそうであり、それが正しい姿なのである。
それはもっぱら自分に成っていくことであり、他言語という自分以外に向か
う運動が実は自分に向かう運動なのである。実は、異質な他者に向かってな
どおらず、自分の母語にこそ沈潜している。一方、賛美されていた自由、シ
ラーなど喧伝すらしていた自由という場合には、自分を目指してはいない。
そこから自由になるところの何かにせよ、そこへと自由になるところの何か
にせよ、見えているものは、自分以外の外側であり、自分以外の何かである。
そこでの動因と目的は他の状態であり、他のものであり、他の人生であり、
おおむね社会である。自由が営むのは、何かのための芸術だ。つまり自由と
いうものは何とも「自」由でない。

本書は西洋古典語と新高ドイツ語に対象を絞ったケーススタディではあるが、専門知識は必要ないし、これらの言語を知らなくてもよく、韻律の解説を飛ばしても何らかまわない。おおよそこのようなことが述べられているのだろうなという見当をつけて空想を働かせてくれれば十分である。そうして、言語が言語を取り入れるとはどのようなことなのかという普遍的な問題を考える1つの材料としていただければ、十二分である。英語などと違って、ラテン語はもちろんドイツ語も字をそのまま読むだけだからそのまま読んでもらえればよく、ギリシャ語もローマ字と大体同じなので見当を付けて発音してもらえればよいし、いずれにせよ引用詩行の内容や意味がわかる必要はまったくなく、内容を理解するために頭を振り絞る必要が一切ない。また、本書が描く他言語摂取は自言語強化を目的としたものであるが、その点にも特にこだわって関心を持ってもらわなくてもいい。事が意識的な努力であるということ、言語芸術はインスピレーションやセンスや名声だけでなく理論と学問と努力によっても営むことができるものであること、こういったことを鑑賞してもらえれば、本書の目的を果たせていることと考えられる。

★1　擬古派の人々の文学運動あるいは言語運動は、古典語文献翻訳、ロマン主義の
台頭、ドイツ国民性新発見、近世近代における古典文化の学習といった諸連関
と密接に絡まり、ほとんどの主要な文化人を多かれ少なかれ引きつけていた。
そういった著名人の一人に哲学者のシュライアマハーなどがいるのは、知られ
ざる事実であろう。シュレーゲル兄弟との親交は周知の通りだが、翻訳などを
めぐり、1800 年から特に兄シュレーゲルの詩作と理論に急接近してゆく［Patsch:
29 ff.］。シュレーゲルの理論は本人に会って話した上で学び、フォスの理論は『ド
イツ語時量計測』を通じて学んでいる［Patsch: 41］。ヘルダーからの影響がほ
ぼなく、もっぱらシュレーゲルありきだった［Patsch: 43, 57］。その詩行に向き
合うこといかに熱心かというと、トロヘウスになってしまっている詩脚を発見
しているほどである（シュレーゲル自身の誤りでなく、誤植のたぐい）［Patsch:
49］。

★2　「新しい古典古代」叢書が擬古派の人々の意義を次々に見直して再評価して来て
いるが、叢書の中で、フォスらの関係を研究している 2010 年のエスパーネの
論考が、ここで述べた巨人たちの状況をスケッチする上で参照できる。古典受
容がプロイセンという国家を背景に重視されていたドイツで、受容の主導者と
見なされてきたのが、フォス、Chr・G・ハイネ（1729-1812）、ゲーテ、フン
ボルトが関与するホメロス問題の主役ヴォルフである［Espagne: 141］。ヴォル
フとフォスが初めて 1794 年に会ってから、書簡を通じて親交が続き、フォス
に『ホメロス序説』を送っていたヴォルフが、フォスの『神話学書簡』と『ル
イーゼ』を読み、『ルイーゼ』をハレ大学での授業で使用し、生徒が暗誦してま
でいた［Espagne: 142］。ピンダロス翻訳を通じてフォス主導の古典研究に入っ
たフンボルト［Espagne: 142］は、フォス、ヴォルフによるハイネ攻撃にくみせ
ず、また、1796 年にヴォルフに宛てた書簡中で、古代から現代を解釈するのが
不可能というフォスの理解を批判している［Espagne: 143］。ホメロスの第一人
者であったヴォルフとフォス、まずもって文献学者であり文化論者である前者
に対して翻訳者であるフォスは、ドイツ語を翻訳業を通じて豊穣にしてきた功
績があり［Espagne: 147］、教職に就いていたオイティンで 1782 年に、ギリシャ
語とラテン語に束縛されていてはいつまでも（専門・一般を問わず）ドイツ語

という言語を刷新できないと述べている［Espagne: 148］。その思いがこもった主著の『時量計測』だが、「古典語とドイツ語の音韻構造を一致させようとしており、自身の詩作実践から得てきたノウハウにもとづいているものではあるが、恣意的なところはどこにもない」［Espagne: 148 f.］。例えば、ヴォルフが1795年フォス宛書簡で『ルイーゼ』を韻律学の授業に使いたいと述べている［Espagne: 149］。フォス以前のホメロス翻訳は、J・Chr・アーデルング（1732-1806）とJ・Chr・ゴットシェート（1700-1766）が用意した方法によるものであり、それはフランス語からの「輸入品」であったが、支配的だったこの方法を、クロプシュトック以上に突き崩すことがフォスにはできていた［Espagne: 149］。

第1章
ドイツ語という長短アクセント言語

1-1　強弱という虚構

　本書が主に論じるドイツ語ヘクサメタ（der deutsche Hexameter）のテキスト群には3つの原理が溶け込んでいる。【1】ヘクサメタのような古典韻律を作るには古典側の長音節・短音節をどう模すかが問題となるのだが、これに強・弱音節を対応させる方法がまず知られており、仮にアクセント主義と呼んでおく。【2】音節の発音時間を決める音律則（Prosodie）というものに基づく方法があるが、特にクロプシュトック、モーリッツ、フォスによるドイツ語用音律則を意味主義音律則と呼んでおく。そこでは、意味の重い音節が長、意味の重くない音節が短に相当すると定める。【3】古典語と全く同様に、「文字面」から判断できる音節の音量によって長短を決定する。

　今後主に【1】と【2】を対比してゆくが、それは論述上のことであるにすぎず、なにも現実上対立して陣地防衛を繰り広げていたわけではない。一応、意味主義音律則のJ・ミンクヴィッツ（1812-1885）が、『ドイツ語の作詩法と音律則と韻律学の教科書』第6版で、前者を「アクセントにもとづく詩学」と呼びながら、「体系化にも耐えず、技法としてほとんど役目を果たさず（ラテン語韻文の顛末を見よ）、音節長短韻律に対して端役でしかない」と述べている ［Minckwitz 1878: 85］事実を挙げることができるが。

　クロプシュトックから遠くはG・トゥディフム（1794-1873）のホメロス風讃歌の翻訳 ［Thudichum: 11-124］ まで、古典韻文の音調をドイツ語で精

確に再現しようとする詩人たちがいた。特にフォス、ヴォルフ、フンボルト、シュレーゲル、プラーテンなどが、古典模倣の厳格なやつら［Hehn: 191; Heusler 1917: 56, 108; Kayser: 60; Schiller 1969: 132; u.a.m.］と呼ばれ、擬古風の極端に走っていたとされる。その理論的支柱が上述の【2】であったと言うことができる。いま正しく言うと、古典語の長短に音節の軽重が対応するとだけ言っている理論なのではなくて、そもそもドイツ語の音節は古典語同様に長・短なのであって高低強弱なのではないとしている理論である。古典語では音節の意味など考慮しないのであるから、意味に着目するのなら、異言語でなく母語に忠実であるのだが、しかしそうは言っても、ゲルマン諸語がストレスアクセント言語だと思いたい向きには、長・短が本質的だとされると、まずは抵抗をおぼえるだろう。異言語を母語に引き込んでいると、どうしても言いたくるだろう。その意味では、力業の感があるだろう。しかしそれにとどまらず、詩行のリズムに関しても力業を示す。

　つまり、ドイツ語ヘクサメタを古典同様の４拍子と定めるのである（【1】だと３拍子）。詳細は後々見ていくが、４拍子にするためには、ヘクサメタ詩脚の後半という１箇所に短音節１個が来るという事態が生じてはならない。そうすると３拍子になってしまう。言い換えると、この特定箇所に意味の軽い音節１個だけが来ることがあってはならない（２個はいい）。しかし、来ることがないように注意していても、確率的には、来ることがある。その時にはどうすればいいか。【3】で考えるのである。詩脚後半部分に軽意味音節１個だけを置くことになってしまったなら、これを長音としなければならないわけだが、そうするために、意味はあきらめて、音量が長音になるようにするのである。音量というのは古典語の音節のことであるのだからドイツ語の詩作にはふさわしくないとして棄却されるものだ。それなのに、厳格古典志向ならば、長音を得るために、採用する。

　ここまでくれば、抵抗をおぼえるどころではないだろう。言語の違いを無

視した越権行為とも言いたくなるだろう。その通りである。古典趣味に通じいにしえを愛でる人たちなどといったものではない。韻律を創り出すために能動的で意識的、反感をまねくような越権的で人工的な力業を敢行していたのである。

1-2　1万行の法則

18世紀前半、J・J・ヴィンケルマン（1717-1768）がローマン・コピーを主とするギリシャ彫刻（終章★1参照）等の古代美術を賛美し、古代憧憬が萌芽、1760年代末から古典翻訳の気運が高まり出す。造型芸術と同じく言語芸術も古代の形式精神を追求し、短期間で数々の古典翻訳が出版され、クロプシュトックが築いた基礎の上に独特の翻訳言語がドイツ語に確立されてゆく［Kitzbichler / Lubitz / Mindt: 17 ff., bes. 20］。

詩学に関して見ると、バロック時代のオーピッツがまず重要である。古典語の長音節にドイツ語の強勢音節（高音節）が、短音節に無強勢音節（低音節）が対応するといった定義をし、古典語の短長詩脚に見立てたドイツ語の低高詩脚・ヤンブスと、古典語の長短詩脚に見立てたドイツ語の高低詩脚・トロヘウスのみを認可しており（„Nachmals ift auch ein jeder verß entweder ein iambicus oder trochaicus"）、音節長短は考慮しないとしている［Opitz: Kpt. 7. s .p.］★1。また脚韻に多言を費やしており、そうして、中高ドイツ語詩以来の ᴗ と － が単調に交替する „alternierend" な脚韻詩行が主流になってゆく。実際に作品を発音したりなどすればすぐにわかるが、交替韻律と脚韻による詩は、非常に平板でモノトーンで、興趣や起伏に欠ける［ZM: 161］。フォーゲルヴァイデでもハイネでもドロステ＝ヒュルスホフでもトラークルでも何でもいい、すぐにみつかる。あるいは、ポップスの歌詞でもいい。交替韻律＋脚韻というものがよくある。ちなみに、モーリッツによると、韻文の規則的周期性を知覚させる技術が失われてゆき、韻文が散文のようにただ発音す

るだけのものになってしまったからこそ、脚韻が幅を利かせるようになった——脚韻ならば、ただ発音しているだけでも規則性を知覚させられるからであり、技術のない者たちにも韻文らしきものが営めるからであり、したがってこの当座しのぎ手段によって本来の詩は死んだ［Moritz: 93–95］。

　このようにドイツ語詩が平板になっていた近代に、クロプシュトックが、多様なリズムを有し、無脚韻ゆえ平板にもなりにくい古典韻律を本格的に導入する。韻文というよりは設計回路にも近いオーデも恐るべき多彩なリズム芸術であるが、各行が小宇宙と言えるヘクサメタ［ZM: 160 f.］はもはや神的な韻律ですらある[★2]。そして、E・Chr・v・クライスト（1715–1759）、J・P・ウーツ（1720–1796）、J・Fr・v・クローネク（1731–1758）らの小品［Kleist; Uz 1749: 7–9; Cronegk: 43–76］が出ていた時期に、叙事詩『イエス・キリスト物語』という1万8271行のドイツ語ヘクサメタ詩行を書く。その後には、同作を意識してFr・v・ゾンネンベルク（1779–1805）が1万9804行の『ドナートア』［Sonnenberg］を書き、J・L・ピュルカー（1772–1847）が7515行『トゥニジアス』等の1万数千行にのぼる叙事詩群［Pyrker 1820; Pyrker 1821; Pyrker 1825］を、ハマーリング（1830–1889）が『シオンの王』［Hamerling］を、さらに20世紀に入ってからもG・ハウプトマン（1862–1946）が7877行の『オイレンシュピーゲル物語』［Hauptmann］を残している。これらの金字塔の他にも、ワイマール古典主義者を含め、ヘルダー、ヘルダーリン、ギュンダーローデ、メーリケ、ヘッベル等の著名な詩人たちが大小のヘクサメタ作品を書いている[★3]。こういった詩作の中心にいたのが厳格派であり、その基本原理が、意味主義音律則である。

1–3　機械の音、生命の音
　クロプシュトックは独自の音律則を数点の文書で断片的に提示した。モーリッツとフォスは1冊[★4]の著作にまとめている。この3人が意味主義音律

則を担っていることにして論を進めよう。

　その前に、古典ヘクサメタの韻律を確認しつつ、その方法を導入していた早期のケースを、対照のために確認しておきたい。古典語と特にその韻文では、長母音と重母音の閉音節を長音節とする。伝統的に「longum」と呼ばれてきたものであり、「—」という記号を充てる。ただし「音節」が「長」いというだけの意味には尽きない。

　言語音というものは、現実上は、図式的ではない。長さと言っても、ミリ秒単位でいえば、無数の長さの別がある。それに対して韻律の単位は、一旦現実を度外視した上での定義であり、つまり制度であり、約束上の抽象的なものである。長・短の2種類だけに分かれるわけがないものを無理やり2種類だけに分類しているのである。単位表記というものが例えばnmやppmやhPa等であるように、これらを日本語に移しきることが無理であるように、またこの表記にしておいたほうがいいのであるように、longumはlongumであり、これ以外に表記のしようがなく、そうしてしまうと、含意している歴史を逸失してしまう。このことは単位以外のことに関しても同様であり、含みを失わないために原語を提示することがある。

　さて今述べている長音節だが、Naturlänge（long by nature, συλλαβή φύσει μακρά, syllaba natura longa）と言う。「その音節の素性上もとより長い」という意味である。そういうものではなくて短母音でできている音節もあるが、こちらは、複数の子音によって閉じるときには、longumとなる。複数の子音を発音するのに時間がかかり長となるからだ。複数の子音の前という「位置」によって長になっているから、Positionslänge（long by position, συλλαβή φύσει μακρά, syllaba positione longa）という（というのは実は間違いで、θέσει や positione というのは「取り決めで」という意味だったのだが、「位置で」という意味に変わってしまった［Habermann / Mohr: 628］）。一方そういった短母音音節の後に子音等の音が続かない場合、短母

音音節が開音節である場合には、その音節は breve すなわち短音節（◡）である。このようにして音素の種類と数から決まる音節の発音時間を音節音量（Quantität）と言う。

　古典ヘクサメタは長・短音節の配列規則をもとに作る。それは、長短短のダクテュロス詩脚または長長のスポンデウス詩脚を 5 回繰り返して最後に −×を置く、というものである。序論でもこのように述べたが、正しい言い方をすると、ダクテュロスかスポンデウスどちらかの詩脚を 4 回置いて、第 5・6 詩脚を −◡◡−× というアドーニス形に（なるべく）する、というものである。この規則によっていかなる古典ヘクサメタも作っている。いま無作為に抽出した古典語の詩行において、

<1> ἵπποι, ταί με φέρουσιν, ὅσον τ' ἐπὶ θυμὸς ἱκάνοι,

(Parmenides, DK 28 B 1, V. 1)

と 6 の詩脚を用いているのが見て取れる（パルメニデスの詩行）。ラテン語でも全く同じである。（詩脚番号や韻律記号を付すが、文字に合わせきることはできない。そこは調整しながら読んでいただきたい。）長母音・重母音の音節がたしかに Naturlänge となっており、複数子音（斜体で記す）が閉じる音節がたしかに Positionslänge となっている。

　ところで詩脚は前半（Arsis）と後半（Thesis）に分かれる。長｜短短、長｜長ということ。前半には 1 長音節、後半には 2 短音節または 1 長音節しか置けない。仮に長を 2、短を 1 とすると、ダクテュロスは 2+1+1、スポンデウスは 2+2、必ず 1 詩脚 4 になっている。これが、2+1（長｜短）などになってはならない。そのような詩脚は古典ヘクサメタにはない。前半を A で、後半を Th で表示すると、

A　Th　　A　　Th　　A　Th　　A　　Th　　　A　Th　　A　Th
ἵπ-|ποι, / ταί | με φέ/ρου|σιν, ὅ/σον | τ᾽ ἐπὶ / θυ|μὸς ἱ /κά|νοι,
ー　ー ー　ー　∪ ∪ ー/∪ ∪ ー　∪ ∪ ー/ー　∪ ∪ ー　×

となっている。これが両古典語のヘクサメタ詩行、もともと大元のザ・ヘク
サメタともいうべきものである。音節の意味内容やアクセントといったもの
が長・短に関わっていないことを確認しておきたい。もちろん、詩脚の切れ
目と語の切れ目は別物である。

　こういったものであるヘクサメタを模倣したいものだという動きが
あった。古くは 14 世紀に中高ドイツ語でも模倣を試みていた [Noel: 2–4;
Wackernagel: 6 ff] が、いま取り上げるべき最古の例は、博物学者等として
有名な 16 世紀の碩学 C・ゲスナー（1516-1565）である（模倣史の詳細は
[Vilmar / Grein: 174 ff.]）。ゲスナーが考えていたことは、長音を得るために
古典語の Naturlänge と Positionslänge とまったく同じことをしようというこ
とだ。そうして、

　　　　　　1　　　　　2　3　　　4　　　　5　　　　　6
<2>　Es macht alleinig der glaub die gleubige falig/
　　　　ー　ー　ー　ー　ー　ー　ー　∪ ∪　ー　×

といった詩行等を呈示し、「第 5 詩脚の他はどの詩脚もスポンデウスになっ
てしまう」と述べる [Gesner: 36]。内容は、信仰のことである。

　後に、J・クライユス（1535-1592）や J・Chr・ゴットシェート（1700-1766）
なども同じ方法で試みている [Clajus: 277–279; Gottsched 1751: 394][★5]。し
かしこれでは、ヘーブング／センクングの観点から言うと、És macht álleiníg
[...] と、いわゆる音曲げ（Tonbeugung）をしてしまうことになる。また、ゲ
スナー自身が言っているようにまず長音節しか得られない（ドイツ語は子音
が多いから Positionslänge が生じやすい）。

　クロプシュトックも、この方法を取ればほぼすべて長になってしまうと見
ながら [Klopstock 1855c: 171][★6]、「ドイツ語の音節は主意味〔Hauptbegriffe〕

を表示するときに長、副意味〔Nebenbegriffe〕を表示するときに短である」
[Klopstock 1779a: 64] という定義を下している。その数年前には、幹語また
は幹綴が主意味を有する長音節であるとし、変化語尾が副意味を有する短音
節であるとしている [Klopstock 1774: 345]★7。この説明はわかりやすいだろ
う。しかし、よく考えてみると、疑問も噴出するだろう。それは後にある程
度は解けるはずである。さらに 10 年前に、この定義を用いて、

<3> Tönender fangen verborgen von Büschen mit liebender Klage

というドイツ語版ヘクサメタを掲げており（主意味音節を太字化）、この詩
行は、

Tönender fangen verborgen von Büschen mit liebender Klage

というふうに読むものでは決してないとしている [Klopstock 1855b: 51]。ゲ
スナー式にこう読んでしまうと、見ての通り、1 詩脚が長長長になってしま
う。なお、サヨナキドリが鳴く森を詠んでいる。

　このように、もっぱら音節の意味内容から、古典の longum, breve に対応
する長音節・短音節すなわち Länge・Kürze を導出している★8。現在、古
典語では音素の組成から韻律価が機械的に決定されるのに対してドイツ語
では意味から決定されると対比されるが、これは、この人が mechanisch と
begriffmäßig という語によってとうから述べていたことである [Klopstock
1779a: 27, 44 f., 56, 64, 72 f.]。

　ところで、（モーリッツなどと違って）長音節と高音（Ton）を無関係と見
てはいないが、しかし高音があるからそれが長音だとしてしまう考えは斥け
ている [Klopstock 1779a: 47, 49]。ここで言う Ton をおおむね現代でいうア

クセントのことと見ておく★⁹と、アクセント音節を古典の長音節と同一視するという観点を取ってもいないことがわかる。つまり、ゲスナーでなければ、オーピッツでもない。ひとえに音節の意味内容、これのみに着目、これのみを音節長短決定のよすがとしている。したがってその理論は意味主義であると言える★¹⁰。そこでは Hándschuh はもちろん長長 (Handsschuh) である。一方ゴットシェートがこれを Hándschuh だとしており、アクセントのある音節が長、ない音節が短、という見方をしている〔Gottsched 1748: 476〕。これが、アクセント主義である。主意味を有する音節 -schuh から長音が奪われてしまう。他方、意味主義音律則は、意味のある音節すべてに十分な時間を与える。音節が生きることになるとも言える。

　音節の主意味・副意味というタームを同じく用いながら、どちらとも一義的には決しがたい音節たちを「中意味」とし、やはり長短を音節意味内容から導出していたフォス〔ZM: 10 f., 15 f., 36, 49, 53, 139〕が、理論書主著『ドイツ語の時量計測』において、強勢にとらわれていれば、Váterland・Heucheléiと主意味音節を短音化してしまうとしつつ、

<**4**> Fréund, komm heut Náchmittag hér, ſieh Herrn

　　　　　　　　　　Blánchards neu Lúftſchif hoch áufziehn

などどという極端な詩行（アクセント記号は原文）を作り、主意味を有するkomm, heut 等の音節がすべて短音（‿）として扱われている悪い例だとしている──「なるほど長音節は通常高音節でもある。しかし、だからといって、高音があるからそれゆえに長、などというわけではない。まして、ドイツ語には音節長短はなく高低のみだとか、古典語の音節音量を模すにはアクセントに着目するのみだとかいうのは、言語道断である」〔ZM: 11 f.〕。（この詩行は、J-P・ブランシャール（1753–1809）の飛行船を見に行こうと言ってい

るだけのものだが、ブランシャールは気球乗りであって飛行船ではない…。)
音節の意味を重視すれば、<4> は、

1   2   3
Freund, komm heut Nachmittag her, ſieh Herrn
                    4   5   6
Blanchards neu Lúftſchif hoch aufziehn

と 1 詩脚が長長長[11]となっている奇怪な詩行であり、ヘクサメタではない。フォスの定義では、幹語と幹綴が主意味音節＝長音節であり、変化語尾、無強勢の接頭辞、1 音節の冠詞、派生語尾が副意味を有する短音節である［ZM: 10 f., 15, 39, 40, 42, 44, 51］。また、上で述べたように、長短どちらかが一義的には決まらない中意味音節を詳細に分類している。そういった分類や定義が、19 世紀終盤まで、多くの詩学書の共有事項になる[12]。

　次にモーリッツ、日本でも知られた人物だが、詩学に関して重要な著作を残していることは全く知られていないようだ。それが『ドイツ語音律則試論』だが、副意味音節が高く発音される現象（例えば gérecht）を挙げながら、主意味音節に音の高低が関係していないことを観察し、音節の意味は音の長短だけが表示するとしている［Moritz: 1–5, 246］。他の 2 人と違い、高音を一切重視していない。クロプシュトックは非常に重視するし、長音節の中にしか認めない点でモーリッツと異なるが、実感としてはモーリッツが正しくはないだろうか。素直に聞けば、外来語や動詞接頭辞（いわゆる「非分離前綴り」）付きの動詞等では、無アクセントとされる第 1 音節にアクセントや高い音が付いて発音されるのを聞くばかりだ。

　いずれにせよ、この人には、ドイツ語というのはもっぱら長短アクセントの言語なのである。このようないわばごりごりの反アクセント主義の書が、序論に述べているように、ゲーテとシラーに好意的に受け入れられていたという事実は、興味深いものがある。2 人が、後の時代に、いまいましい厳格

擬古詩人どもに対する最有力のアンチテーゼとなるからだ。しかしそれは、この2人自身の胸中にあったものと、果たして合致しているのであろうか。論者は自分の見たいゲーテ・シラーを見ているだけなのではないのだろうか。そのような願望からは、ドイツ語の自然から決して離れない「ドイツ」性の巨匠にしてゲルマンの代表というものばかりが見えるだろう。序論でも述べたがいま一度、実証研究をむしばむ陥穽として知られる確証バイアスというものを思い出したい。なお、この書は、その内容と巨匠とのかかわりにもかかわらず、言及されることがあまりない。「フォスが登場するまでは理論面・実作面でも最大の影響力があった（特にゲーテに）」[Heinrich: 9]と言うが、少なくとも後世では、まったく目立たない。数々の19世紀以前古典志向者たちに光を当てている「新しい古典古代」叢書でも主題的に取り上げられている様子がない。今日ではモーリッツは高名でもこの本はほとんど誰も知らない。

　以上の3人のうち本書が特に注目するフォスだが、ドイツ語ヘクサメタを4拍子と定めている点が重要である。古典語に寄らないかぎりは、ヘクサメタはおおむね3拍子であり、何も考えずに読めば、自然に3拍子になる（アクセント主義に音節長短やリズムが存在しないというわけでは無論ない）のだが、そのことを、否定している。あたかも、ドイツ語で読むのをやめよと言っているかのようだ。人工的な力業である。いずれせによ、古典韻文における、短音節が1の時量、長音節が2の時量を有するという原則 „unum [tempus] simplex seu breve […] alterum [tempus] duplex seu longum" [Hermann 1816: 18] をドイツ語に適用し、ここでも同じく短音節が1時量＝♪、長音節が2時量＝♩だと制定する [ZM: 10, 111]。ダクテュロスが2+1+1（—◡◡ ＝♩♪♪）でスポンデウスが2+2（—— ＝♩♩）。非常に単純な算数なので、数字や記号が出てきているからといって尻込みされることはない。

　かくて、ドイツ語ヘクサメタの1詩脚が古典と同じ4時量つまり4拍子と

なる［ZM: 99, 139, 180–182］。フォス以降、意味主義音律則は、4拍子ヘクサメタを不可欠の前提とするようになる。こういった4拍進行を、擬古主義詩人らへのステレオタイプを交えず慎重に検討していくノイマンが、「ドイツ語ヘクサメタは古典ヘクサメタと**比べて似ている**ということができるだけ、聴く者にヘクサメタ体験といったものをもたらすことができるだけ」〔強調原文〕［Neumann: 347］と述べているが、このような真実に近いであろう形を推定復元することは本書にはできない。現実はどうだったのかはともかく、理念では4拍子であった。なお、詩学でZeitというのは、tempusすなわちχρόνοςのことであり、－・⏑という2値の発音時間量のことである。音声学でいうモラに近い（なお「モーラ」は誤り。„mora“ は2モーラである）。

1–4　それはほんとうに自然なのか？

　近年の代表的なドイツ語韻律解説書を数点見ると、意味主義音律則の手法には言及しないか、しても、強勢の有無により長短音節を決定していたと通り一遍に述べるだけであり、オーピッツと明確に区別していないものさえある［Arndt: 93 f.; Kayser: 60; Wagenknecht: 103］（［Schlawe: 14］などが例外）。今日ではクロプシュトックらの音節原理は理解されないようになっているようだ。

　このような状況の主な要因として、多大な影響力のあるホイスラーの論文［Heusler 1917］が挙がるのではないだろうか。古典志向のドイツ語詩を克明に記し、貴重なデータを発掘し、個々のケースを峻厳に論評してゆく、記念碑的な論文である。アクセント＝古典の長という貧困化した説明と違い、古典韻文を模倣する方法を実に4つに分類し、それぞれを史的に考察し抜いている。

　全容を伝えることはできず、見解の一部だけを取り出してくると、第2の方法として、「レープフーン（Paul Rebhun, 1505–1546）からミンクヴィッツ

まで300年以上にもわたって詩学と詩作の支配教義だった」方法［Heusler 1917: 6］にクロプシュトックらの方法を含めており、音節の意味に着目するという前提を解説せず、「ドイツ語の強音節（アクセント音節）を古典語の長と定義してしまい、弱音節（非アクセント音節）を短と定義してしまったのだった」［Heusler 1917: 8］と言っている。こういった部分が流布して、意味主義音律則の内容が無視されるようになっていったのだろうとは推測できる。たしかに、長とされる主意味音節はふつう強勢音節である（Gewált）し、主意味音節に強勢がないケース（Musík）では長＝強とせざるをえない。古典語長音節にはドイツ語強音節が相当★13、それでいいではないかと思えてくる。意味主義音律則はこれに一体何を加えるというのか。

　それは、上で見たHandschuhのような単音節幹語の「合成」語ではっきりする。第1語に主アクセントがあり（3-3-3参照）、アクセント主義では、Hándschuhである。これが1詩脚を埋めたとすると、トロヘウス（—◡）扱いだ（それなら、jéhérやhúndsmúdeといった語はどうするのかとも思うが）。それで別に構わない。さらに、上に見たように、Freund, komm heutをダクテュロス（—◡◡）にしてしまってすら、構わない。例えばゲーテに „ weit hinéin “ (Reineke Fuchs, 8.112)［Goethe 2005: 369］というダクテュロスすらある。プラーテンのよく知られたHolzklotzpflock［Platen 1829: 51］はこういったダクテュロスのパロディーである。Handschuhが1詩脚になるか、Freund, komm heutが、Händeが、Freunde esが1詩脚になるか、音節意味派からすればどれも異なるものだが、アクセント主義からはどれも同じである。どれが1詩脚になろうと、3拍子なら、きれいに読める。この立場では、トロヘウスが♩♪、ダクテュロスが♪♪♪、スポンデウスはない、それだけだ。

　一方、意味主義音律則では、特にフォスたちのそれでは、Handschuh以外しかありえない。これは、スポンデウスすなわち4時量（2+2）の4拍子（♩

＋♩）の詩脚なのである★14。本当にこれをどう読むのかは、わからない。おそらくネイティブにもよくわからない。第1語にだいたいのアクセントが乗ってさえいればそれでいい。長長とは限らない。そこを、必ず長長とするのが、今見ている立場だ。なんとでもすればいい、どうとでも読める、では、音律則など永久に定まらない。そこを、これが長でこれが短、と定めるのである、古典韻律のように。ホイスラーにはドイツ語の長短というのは自由自在なものであり、例えば「魔王」の12行目 „Meine Mutter hat manch' gülden Gewand.“" ［Goethe 1996: 154］ の meine など、⌣⌣である ［Heusler 1917: 14］。音律則からすると、ありえないことだ。そう読めるのは自然な口語であろうが、しかし、音律則は口語の発音をしようとはしていない。meine は常に —⌣なのである。そう、取り決めるのである。日常と異なり全ての主意味音節が長とされて、4拍子のリズムを打ち続けてゆく。そうなるように、いかに不自然であっても、考える。ホイスラー的見解ではヘクサメタは3拍子であり、どんな詩脚であろうと、自然に発音すれば、3拍子にしかならない ［Heusler 1917: 36 ff., 44］★15。この人には**Handschuh**などは悪い冗談でしかない。しかるに、古典志向者からは、詩行は自由ではなく、自由など目指していない。スポンデウスが不自然なドイツ語だというなら、それは不自然な口語ドイツ語のまちがいであろう、口語になど用はない、と言うだけだ。それどころか、フォスからすれば、自然で口語的な詩行は、自然らしい（[n]atür*lich*[]）だけであって、人工的で意識的な技術や技巧（Kunst）が欠落しているだけであって、自然というものは技術で加工されなければ自然ではない（„die durch Kunſt veredelte Natur" ［ZM: 248］）。つまり、3拍子なり自由に変動するリズムなりというのは、何もしていないだけだ。韻文とは加工された自然であり、人工的な（künstlich）言語空間なのである。

　ここまで読んできて、どう見ても、こちらも正しいし、ホイスラー的なのも正しいだろう。どちらに決しても、仕方がない。どちらがどうということ

ではなく、したいことが、見えている風景が、思っている韻文像が違っているのである。ただただビジョンが違っている。同じ「ドイツ語ヘクサメタ」でありながら、同じなのは言葉だけだ。こういったことを見届けなければならない。違いを認めないとか、相手の論理と言葉に即して相手を理解しようとしないとかいうのは、研究ではない。厳格な擬古派どもが誤っているか、ドイツ語ヘクサメタはドイツ語的でしかありえないか、という問題ではない。今までこの分野の議論はすべてそういった不毛な決めつけだった。（現代のいわゆる理系の論文、21世紀の精密実証科学の研究にさえ、数々のバイアスや差別や決めつけが確認され指摘されている。まして文系となると、いくら研究論文の装いをこらしていても、所詮終わったまちがっていた古典模倣と頭から決めつけてかかり他の可能性を一顧だにしないのは当然である。ステレオタイプは、自覚できないからステレオタイプなのである。）こちらには、特にフォスには、4拍子という理念がある。そのために、意味主義原理を利用する。それが不自然なのなら、いやいやこれこそが自然だと言う。そういう言い分がありそういう営為があるというだけのことだ。いくら非難しても何も出てこない。そしてシュレーゲルがまた、序論で見たように、自然とされるヘクサメタを、「はいはい自然ですよ自然ですよ〔der natürlichſte Naturaliſmus〕」〔Schlegel 1846(2): 206〕と（ヘクサメタで）揶揄していた。この人にも自然は単純ではない。何も加工しないことではない。そしてこういった立場において、クロプシュトックがしりぞけていた音節音量の観点、すなわち古典語の音韻特性を取り入れることになる。4拍子という人工的な言語空間のために。

1–5　ある言語融合実験の諸相

　ヘクサメタの詩脚には前半と後半がある。1–3で確認したが、この事をもう一度見ておこう。<1> の詩行の詩脚は、

$$\overset{\text{A}}{\ddot{\iota}\pi}\text{-}|\overset{\text{Th}}{\pi o\iota,}\,/\,\overset{\text{A}}{\tau a\acute{\iota}}\,|\,\overset{\text{Th}}{\mu\epsilon}\,\overset{\text{A}}{\phi\acute{\epsilon}}/\overset{\text{Th}}{\rho o\upsilon}|\overset{\text{A}}{\sigma\iota\nu,}\,\overset{\text{Th}}{\ddot{o}}/\overset{\text{A}}{\sigma o\nu}\,|\,\overset{\text{Th}}{\tau'}\,\overset{\text{A}}{\dot{\epsilon}\pi\grave{\iota}}\,/\,\overset{\text{Th}}{\theta\upsilon}|\overset{\text{A}}{\mu\grave{o}\varsigma}\,\overset{\text{Th}}{\dot{\iota}}\,/\overset{\text{A}}{\kappa\acute{a}}|\overset{\text{Th}}{\nu o\iota,}$$

というふうに前半と後半に分かれる。前半をアルシス（Arsis）と言い後半をテシス（Thesis）と言う（Illud tempus, in quo ictus est, […] arsin, tempora autem ea, quae carent ictu, thesin［Hermann 1816: 11、強調原文］）。古典語では、アルシスとテシスの音節の意味内容は問わない。例えば主意味音節 $\phi\acute{\epsilon}$ をテシスに、副意味音節 -$\sigma o\nu$ をアルシスに置いているが、特に問題はない。一方クロプシュトックの詩行 <3>

$$\overset{\text{A}}{\text{Tön-}}|\overset{\text{Th}}{\text{ender}}\,/\,\overset{\text{A}}{\text{fang-}}|\overset{\text{Th}}{\text{en}}\,\text{ver-}/\overset{\text{A}}{\text{borg-}}|\overset{\text{Th}}{\text{en}}\,\text{von}\,/$$

$$\overset{\text{A}}{\text{Büfch-}}|\overset{\text{Th}}{\text{en}}\,\text{mit}\,/\,\overset{\text{A}}{\text{lieb-}}|\overset{\text{Th}}{\text{ender}}\,/\,\overset{\text{A}}{\text{Kla-}}|\overset{\text{Th}}{\text{ge}}$$

のアルシスとテシスを見ると、アルシス音節には主意味音節しか用いていない。アルシスでは音節の意味と音節の長さが一致する。ところで 1–3 で見たゲスナーの詩行 <2> は、音節の意味など見ず音量だけを見るから、$\overset{\text{A}}{\text{Es}}\,|\,\overset{\text{T}}{\text{macht}}\,/\,\overset{\text{A}}{\text{all-}}|\overset{\text{T}}{\text{ein-}}\overset{\text{A}}{\text{/ig}}\,[...]$と、副意味音節（Es, -ig）をアルシスに置くことにも当然なってくる。これは、18 世紀以降には、ありえない処置である。またこの 2 つは無強勢音節だからアクセント主義からも <2> は誤まっている。意味主義音律則とアクセント主義では、アルシスには必ず主意味音節＝長音節＝強音節を置く。この点で両者ともにゲスナーから区別される。繰り返すが、これが正しいかどうかではなく、こういう前提で動く詩作があったということだ（もしかしたらゲスナーが一番正しいかもしれず、それは研究者でなく絶対者にしかわからないことだ）。そしてこれに何がプラスアルファされるかを今から見て行く。

　前節に見たように、アクセント主義では、1 詩脚が 2 音節になっていると

きのテシスは、いわば何でもいい。アルシス音節に主要強勢がありさえすればそれでよい。3 拍子ですべて解決するのであった。他方、4 拍子の立場では、1 詩脚が 2 音節のときのテシスが副意味音節であっては困る。詩脚が /Hände/ だとトロヘウスになってしまう。そのような詩脚は古典にはない。Hände 詩脚が通じるのは 3 拍子（または無拍子）だけだ。それは古典ではなく、欲しいヘクサメタではない。2 音節詩脚は /Handschuh/ なり /komm, Hand/ なりでしか、スポンデウスでしかありえない。ところが、必ずこのようにできるわけではない。どれほど厳格厳密でも、意味の軽すぎる 1 音節テシスを避けきれるものではない。言い換えれば、トロヘウスを避けきれないのである。

　いま一度詩行 <3> を見ると、テシスに副意味音節を 2 つ置いており、4 拍子のリズムをしている。

♩♪♪ ♩♪ ♪♩♪ ♪ ♩ ♪ ♪
Tönender fangen verborgen von Büſchen mit liebender Klage

　この詩行を例えば次のように改作して、テシスに副意味音節を 1 つしか置いていない詩脚を作ると、

♩♪ ♩♪ ♩ ♪
Süße Töne ſang ein Vogel verborgen von Büſchen

トロヘウスすなわち 3 拍子のリズムが混入して、4 拍子のリズムが崩れることになる。しかし、第 3 詩脚だけ何か違う。たしかに、-ße も -ne も、副意味音節だから短音節であるし、しかも、短母音の開音節だから、音節音量の観点からも短音節である。ところが ein がそうでもない。重母音を有する音節であり、音節音量の観点からは長音節（Naturlänge）である。つまり第 3 詩脚（sang ein）のようなトロヘウスは、音節音量の観点からすれば、立派

なスポンデウスなのである。テシス音節の不手際が救われている。

　このようなことは意識されていたのだろうか。クロプシュトックだと、主意味音節の子音数と母音音量には言及しているが、副意味音節の音量には言及していない［Klopstock 1779a: 51–53］。つまり、疑いなく長である音節の長音をなお吟味しているにすぎない。フォスも、主意味音節の子音数なり母音音量なりといったことは随所で考察している［ZM: 18, 37 f., 40, 51 f., 54, 86, 88 f., 91, 104, u.a.m.］のだが、副意味音節の音量には言及していない。1–4 の冒頭で見た諸文献は、ドイツ語詩における音節音量の問題一般に関して全く述べていない（そもそも古典志向云々の埒外の分野でも詩人たちが音節の音量に気を使っているというのにもかかわらず）。ホイスラーは、J・Fr・クリスト（Johann Friedrich Christ, 1701–1756）からプラーテンまでの間に、音節音量をいかに考慮していたかを紹介している［Heusler 1917: 12–16］が、それはいわゆる Wohlklang（ユーフォニー、佳音）の吟味に関することであり、本章とは関わらない。

　ただひとり、モーリッツの『試論』が違う。この書にのみは、副意味音節の音量に注意を払っている箇所がある。本書は対話と書簡という体裁で書いている。説き伏せ役が、ドイツ語の音節の長・短をその意味内容にもとづいて決定する音律則を説く上で、例えば Durchbrechung という語の接頭辞 durch が Gewöhnung の ge- と同じ速さで発音すると言うと、説き伏せられ役が、いや durch- と ge- では発音時間に差があるのではないかと提起する［Moritz: 7］。そして後には、「ドイツ語は字を全部発音するのに、それに要する時間を無視するのです」［Moritz: 12 f.］と言う。ヘクサメタの話ではないが、これ自体として興味深い発言ではないだろうか。学習者も実は気にはなっていることだろうが、どこでもまったく問題にされないといういわゆる「空気」に抑圧されて明示的に問題視していないだけではないだろうか。しかし、ネイティブのほうで問題視してくれている。ヘクサメタでもだ。

　例えば Chr・ガルフェ（1742–1798）が、ウーツの 2 つのヘクサメタを挙げて、

<5> (Ich) will, vom Weine berauſcht, die Luft der Erde beſingen, ［Uz 1755: 7］

<6> (Ein) Schwarm d e r F r euden ereilt vor dir muthwillige Weſte ［Uz 1755: 8］

<5> では、テシス音節 der E- が音節音量の点からも短音節であってしまっているのに対して、<6> では、テシス音節 der Fr- が音節音量の長（の場合隔字体で記す）になっていると述べている［Garve: 78］。なお、ウーツが詠んでいるのは平和な抒情詩的風景。

　さらに、1-6-2 で見るボーテが、例えば Him m e l fl eh'n"・„an z ū ſchau'n"・„Roſe ſt and"という詩脚を「スポンデウス」（音節音量により得られているスポンデウスには波線を付す）だとし、テシスの副意味音節が音節音量の観点から長であるとしている［Bothe: 27 Anm., 40 Anm.］。

　他にも、Fr・ビュットナー（委細不明）が、『ドイツ語音声音量論』で、ドイツ語にも意味とも強勢とも無関係の音節長短があるとし、いかなる言語音にも音節音質（Qualität）と音節音量が備わっているとし、厳格派詩人らのヘクサメタ詩行における音節音量を吟味しながら、例えば次の詩行、シュレーゲルの「ギリシャ人の技芸」の 1 行にあるテシス中副意味音節 -rons, der を、音節音量の観点から長だとしている［Büttner: 1 f., 43］。

<7> Wo weilt Mýr o n s K uh d ĕ r H eerd' und dem treibenden Hirten?

［Schlegel 1799: 188］

（詠んでいるのはミュロンの牝牛像。）ガルフェ、ボーテ、ビュットナーといった論者らの見解から、ドイツ語ヘクサメタでテシス音節の音量を考慮してよ

いことがわかる。意味主義音律則の観点からはトロヘウスにしかなりえない
詩脚も、音節音量の観点を持ち込めばスポンデウスとすることができるよう
になる、と考えてよいことになる。

1-6 詩は音楽だった
1-6-1 3拍子のゲーテ、4拍子のプラーテン

　古典厳密模倣として特によく知られているのが、ヘクサメタからトロヘウスを
排除していたことである［Heusler 1917: 45 ff; Staiger: 124］[16] が、それには、4
拍子のリズムの実現と維持という目的があった。具体的に詩行を調査するに当
たって、ガルフェの論述に依拠して次の基準を設ける。1) 例えば詩行 <6> に
dir̄ Mut- という 2 音節の詩脚があるが、これは主意味音節＋主意味音節であり、
一義的にスポンデウスである。2) 一方 Schwarm dēr Fr̆- という 2 音節詩脚
が、主意味音節＋副意味音節であってトロヘウスであるが、しかし副意味音
節に Position による長音量があるため、音節音量の観点からはスポンデウス
である。こういった 2 音節詩脚を以下 SP(TR) と表記する。これがあるかど
うかを今から調査していくのである。3) <5> のLuft dē[r Erde]という 2 節詩
脚は主意味音節＋副意味音節である上に、副意味音節に短の音量しかなく、
どの観点からもトロヘウスである。こういった 2 音節詩脚を以下 TR と表記
する。厳格にトロヘウスが排除されていたと言う場合には、1) のスポンデ
ウスのことばかりが言われている。しかし、それならば、古典詩とドイツ語
詩の統合を目指しているはずが意味偏重的になってしまっており、音節音量
の面を捨象しすぎていると言える。実際には 2) の方法も用いていたと推測
するほうが妥当ではないだろうか[17]。（なお、以下に見るような、また 2-5
と 3-2 に見るような統計的な研究法は、ヘクサメタの研究ではよくある。たと
えば［Drobisch］［Feise: 233 f.］［Götzinger］［Heusler 1917: 75 ff.］など。）

　まず、古典に偏向していないとされているヘクサメタの有名作品を見

る。ゲーテの叙事詩『狐ライネケの物語』［Goethe 1988: 282–435］に、„Jede Wiese"（1.4）といった TR（下線部）を多数用いている。古典古代に最も接近し厳格派のヘクサメタを意識していた叙事詩の『アキレス物語』第1歌（未完）［Goethe 1986: 793–815］を見ると、ここでも „Ungeheures"（V. 4）といった TR をなお少なからず用いている。次にシラーだが、「散歩」［Schiller 1983: 308–314］の 100 行のヘクサメタには、„Jene Linien"（V. 39）といった TR を数多く置いている。ヘルダーリンの 296 行の「エーゲ海」［Hölderlin: 232–239］には終始 „Lauf, umathmen"・„Lüfte dir"（V. 2, 3）［Hölderlin: 232］といった TR が見られる。85 行の「スイス州」（1792）、53 行の「エーテル」（1797）も同様［Hölderlin: 23–26, 75 f.］。TR を避けようとしている形跡が見当たらないこれらの詩行は、トロヘウスの頻繁な使用により、3拍子の詩作品である。

　本章で理論を詳しく見たフォスは、トロヘウスの扱いに関して特殊なケースであり、1-6-3 で見ることにする。

　厳格派の一人とされている文献学者ヴォルフは、『オデュッセイア』の冒頭の 100 行を、原文の詩脚と訳文の詩脚がすべて対応し、原文の文構造と訳文の文構造がほぼすべて対応するように翻訳している［Wolf 1820: 137–143］。模倣派の絶頂というべき訳業であり、確かにヘーンなどはこれを「愚の骨頂」と呼ぶ［Hehn: 185］。己の意にそぐわない者がすることなら、どれだけの難業偉業であろうとも、ただただ許さないのである。固陋とは言うまい。ただ、ヘーンは評者にすぎず、ヴォルフは表現者である。実際に仕事をすることと、ただ感想を言うこととの間には、無限の隔たりがある。さてこの 100 行には TR は1つもなく、4拍子で動いている。外来語の、強勢音節に隣接する無強勢音節（Naturalísmus）という一義的に短である音節を2音節詩脚のテシスに置く場合には、常に „Poséid on's St ärke"（V. 20）というふうにしてその音節（„-don's St-"）が十分な音量を得て SP(TR) が得られるようにして

いる（他に 15 例）。なお、この詩行の第 1 〜 3 詩脚 „Aufser Poseidon's Stärke [...]" は、原文の同じ第 20 詩行の同じ第 1 〜 3 詩脚 „νόσφι Ποσειδάωνος [...]" と寸分の狂いもなく一致している。アクセント主義と意味主義音律則では原文の -δά- の響きを伝えられないが、do n's St という Positionslänge によって原文を見事に再現している。ポセイドンのイメージが時空をへだてた彼方から届いてくるであろう。他に „Ihn e n t s end'" （V. 93）と副意味音節をテシスに置いている箇所があるが、見てのように Positionslänge によって SP(TR) になっている。ヴォルフの詩行としては他に『オデュッセイア』第 4 歌第 561 〜 569 詩行の 9 行の翻訳 [Wolf 1817: 219] もあり、ここでも原文と訳文の詩脚と文構造が対応している。„Selbst O kéanos" という詩脚が見られるが、テシスの O- は元は長音（Ὠκεανός）である。

フンボルトのヘクサメタは、62 行のカリマコス『ゼウス讃歌』抄訳という 1 断片と、84 行のアラトス『天界現象』抄訳／44 行のルクレティウス『事物本性論』抄訳という 2 断片 1 組 [Humboldt 1909: 233–235, 262–269]。『ゼウス讃歌』抄訳は冒頭 10 行にすでに 6 例（Dein geburtsort など）と全体に TR が頻繁に見られ、4 拍子リズムが実現されてはいないようである。ところが後年の『天界現象』抄訳中には、„Kreta jene"（V. 31）という 1 例しか TR がない。ここには、„wälzt, e i n mächtiges"（V. 46）という詩脚が見られるが、テシスは重母音により Naturlänge であり、SP(TR) が得られている（他に V. 35）。『事物本性論』抄訳の „Drauf d u r c h s c h w eifen"（V. 14）という詩脚のテシスは副意味音節だが、音量は長（他に V. 15）。やはりフンボルトも 4 拍子を目指し、その方法として音節音量を用いているようである。

シュレーゲルは「ローマ」[Schlegel 1846(2): 21–31] と、『ラーマーヤナ』を素材にした「ガンガー女神の来歴」[Schlegel 1846(3): 29–44] でトロヘウス混入を避けたと明言している [Schlegel 1846(10): 189]。前者の 148 のヘクサメタに TR は 1 つもなく、例えば „brächt' A u gúrien"（V. 253）という意味

主義音律則上のトロヘウスは、重母音によって SP(TR) である。同様の例が他に 5 ある（V. 15, 29, 51, 69, 171）。「ガンガー」でも、„Gánga's wußte"（2.56）という Position による SP(TR)［Schlegel 1846(3): 45］を用いている（他に 2.179）。

　プラーテンのヘクサメタ作品は 6 点［Platen 1910(4): 101 f., 139–141, 145–147, 154–159］［Platen 1910(5): 182–184］あるが、「カプリ島の漁師」から「スキュラと旅行者」までの 4 点の計 187 行の牧歌詩には、TR はもちろん SP(TR) すら見られない。トロヘウス排除主義の極みである。その前の作品である 42 行の「タオルミナの劇場」に „Wo Stesichorus"（V. 35）というトロヘウスが見られる。ただし Ste- は元は長音（Στησίχορος）であり、よって SP(TR)。さらに以前の 32 行の「精霊讃歌」では、„deutsches Land"（V. 11）という SP(TR) を数箇所で使用している（他に V. 9, 20, 21, 52）。200 点を超すディスティヒョン作品を見ると、やはり 1830 年代にはトロヘウスをほぼ完全に排除しているが、1820 年代には „Abzū tragen"［Platen 1910(6): 204］という SP(TR) も用いている。1810 年代のディスティヒョンでは SP(TR) は „Nicht den Lorbeer"・„Jedes Laster"［Platen 1910(6): 300］等多数見られる。ヘクサメタ 4 拍子言説が斯界で定着していたはずの 10 代後半 ～ 20 代前半には SP(TR) を使用していた、30 代前後にはトロヘウスそのもの極力排除するようになっていた、ということがわかる。

1-6-2　究極の古典主義

　これがドイツ古典模倣の厳格者たちだ、として知られるのは、有名人に限る。もちろん、同じ志向で韻文に臨んでいた人が多数いた。歴史が勝手に忘れただけだ。しかし記録は忘れない。探れば、例えばボーテという人（1-5）に行き着く。ここまでに見てきたのは、テシスに 1 音節しかない場合にこれを長とするための音節音量である。トロヘウスをスポンデウスに。ところで、ダクテュロスが議論にのぼることはまずない。詩脚がダクテュロスのときの

テシスの2音節が音節音量の点からも短になっているかどうかを吟味することはまずない。それはそうだ。そのようなことはハナから考えようがない。ドイツ語の音節を思い出せば、不可能でしかないことがわかる。子音が多すぎて Positionslänge ばかりになるのだから。しかしもし可能にしている人がいたらどうだろうか。信じがたい話だが、いたのである。Klassizismus とは、ここまで進んでいた。

　ボーテの『古典語式に音節を計測した詩集』[Bothe] だが、このように題名でもって、長短を音量の点でも考慮したと宣言している。つまりリゴリストたちの中で最もゲスナーに接近しているとも言えるのだが、確かに「序言」でゲスナーに触れている［Bothe: VI］。フォスと同じようにボーテも、「結局 Ton（Akzent）に着目してきたせいでいつまでたってもドイツ語に音律則が確立されなかったのである」としてアクセント主義に欠陥を見ており［Bothe: XVII］、音節音量原理は古典語のものではあるがドイツ語にこそ本当は最もふさわしいものだと述べている［Bothe: V］。この人は、

Muſĕ, die[dĭ] hehr durchſchwēbtĕ die[dĭ]

　　　　　　　　　　Reih'n dĕr hŏmérĭſchĕn Helden［Bothe: 3］
(Siegmund hieß ſein Vatĕr, ĕs hieß Sieglindă die[dĭ] Mutter)［Bothe: 76］
So dich hellĕ Gĕſtirn' auch, die[dĭ] hĕlénĭſchĕn,［Bothe: 16］

というヘクサメタ詩行（上2行）とアスクレピアデス詩節詩行（下）に見るような、無強勢副意味音節が「文字面」上も短音節になっている詩行を実に4桁行（ヘクサメタで1000行以上、オーデも多数）作っていた（語頭の h は無子音扱い。st は1子音扱い）。そうして、ドイツ語意味主義音律則と古典語音節音量原則が完全一体になった音響空間を繰り広げていた。上の3行で詠んでいることは、神話や古代世界。ボーテの詩行を、古典語式に、文

字を本当にすべて発音して読むと、それこそ「ヘクサメタ体験」［Neumann: 347］(1–3) を、最も古典語に近接した形で聴覚に届けることになるであろう。

　しかしこのような仕事は、どう考えても、確率から言って難業きわまる難業である。高確率で生じる Positionslänge を抑え続けるのである、1000 行もの間。なるほど、この上なく意識的で力づく、熟慮を経た人工的な詩作である。練りに練って知識と理論で造った芸術だと言える。あくまで、古典語近代語言語音節云々々々といった知識によって音節が精選され切り揃えられ秩序立てて配列されている。ところがこの人は、このような詩行は例があると、クロプシュトック、ゲーテ、シラー、E・Chr・v・クライスト、グライム (Johann Wilhelm Ludwig Gleim, 1719–1803)、ヘルティ、ヴィーラント、K・W・ラームラー (1725–1798)、ティートゲ (Christoph August Tiedge, 1752–1841)、マティソン (Friedrich von Matthisson, 1761 –1831)、デニス、フォスから、音量と意味が一致しつくしている例を引用している［Bothe: VI–XV Anm.］。しかしどれも数行程度であり、ボーテ自身の量には到底及ばず、偶然の一致を引用してきている可能性も考えられる（ただフォスからの引用量が際立って多いが）。おそらく、ボーテの成功は、一代限りの単独行、前人未踏にして後人断絶、19 世紀言語実験の奇跡だったと言うべきなのだろう。そしてここに、言語改造文学の絶頂を見ることができるだろう。では、フォスが示す絶頂は何であろうか。それを描いていくのがここからである。

1-6-3　千行の韻文をボーテとし、万行の韻文をフォスとす

　シュレーゲルの算定［Schlegel 1828: 157］によるとフォスは 7 万行のヘクサメタを書いている。トロヘウスという音節連続の出現を避け切るには限度がある。事実、1780 年代直前から 1820 年代までの翻訳・自作のどの版にも、TR を含めてトロヘウスを頻繁に置いている。しかしこの人には独自の方策がある。

それは、例えば Donner で 1 詩脚が埋まってしまう時には、長音節 Donn-
を「フェルマータして 3 時量にしてしまう」か、または Donner という 3 時
量を 3 連符と見てこれを 4 時量のスペースに拡充し 2 時量を Donn- に割り
当てるかどちらかにする、という方策である [ZM: 181]。後者の処置は意
味不明だし、記載されている音符は前者の方法のみを意味している。伸びた
Donn- を付点 4 分音符で表している。似たことを『時量計測』増補第 2 版
(1831) 収録「ドイツ語ヘクサメタ論」でも言っている。例えば巨人（キュ
クロプス）の腕を描くときに mit großer / Kraft (3–3–2) というトロヘウスを
使って groß- を「フェルマータ」すると、そこに大きな力がこもり、großer
Ge/walt と無難にダクテュロスを使う「よりもずっとはるかに強い」表現と
なる、古典ならこのようにトロヘウスの長音を伸ばすだろう、と述べている
[ÜH: 183 f.] [18]。

　この考えは相当反感を招くようで、クロプシュトックから「ありえないし
証明できない」と難じられ [Briefe2: 204]、後世にも、妥当性に「ひとかけ
らの保証もない」[Roßbach / Westphal: 429] と批判される。一応ギリシャ語
詩でトロヘウスの長音節を伸ばしていた処置を紹介している論もあるにはあ
る [Schmidt: 82] が、フォスの発言と重なるものではない。いずれにせよ、
古典を応用したドイツ語の改造と言えるだろう。ただ、こういったトロヘウ
ス詩脚に関しては、そこまで力業を敢行しているわけではない。文面に憤激
の色がなく、2-4-1 と 3-4-1 で見るようにトロヘウス語脚に憎悪をぶつける
時との温度差が明らかであり、トロヘウスとアンフィブラハという典型的な
ドイツ語語脚を締め出そうとするほどに力業ではない。力業は後の章で見て
行く。

1-7　誰も知らないイリアス

　厳しく古典忠実なヘクサメタというのは、異言語の原理で母語を捉えなが

ら逆にかえって母語に沈潜していく創作であったと言えるだろう。こういった事柄を解明してゆくことにより、擬古派詩人たちへのステレオタイプならぬ評価ができていくかもしれない。いや実はもうとうに見直しは始まっている。

　2008 年から「新しい古典古代〔*Transformationen der Antike*〕」叢書が刊行されており、厳格派も含めた数々の人々の功績が解明されている。現時点で 60 巻ほどに達している一大叢書だが、本邦のゲルマニスティクで知られていないだけだ。次章より主人公として登場してくるフォスに関して、2009年刊行巻でキッツビヒラーが、『時量計測』を評してこう述べている。

　『時量計測』によってわかることは擬古流文学がただの誤謬の歴史だったということらしい。なじみようがない音節原理をドイツ語に無理強いしているだけらしい。研究界で長年そう言われてきた。これはあきらかに誤審である。フォスというのは、時代のドグマ〔アクセント主義のことであろう〕に与せず、自分の感性を用いていた人である。ドイツ語音声を精確無比にとらえる極上の感性だ。その音声のサンプルにも事欠かずに、音声というものを、高低と長短と「Begriff」（意味内容）という観点から考究し、詩作に生かそうとしていた。前 2 者は古典語から移入した音節観かもしれない。しかし、ドイツ語では意味の重い音節にはいつもアクセントを付けるものであるから、意味に着目することでフォスは、アクセント原理の音節観を取り込めていた。『時量計測』とは本当はどういうものかというと、「アクセント」だけでは貧相になってしまうドイツ語を、高低と長短によって、音楽にしようとする本である。そうして、近代ドイツ語がギリシャ語・ラテン語と同じ韻文を作れるようにしてくれる。しかもかような試みは何らひとりよがりなものではなく、フォスに先行してはちらほら、フォスに続いては無数のドイツ語音律則・ドイツ語韻律学があった。実は巨大な圏域が存在していたのである。

それは、今までに、無視されてきただけだった。［Kitzbichler / Lubitz / Mindt: 23］

そういった巨大なものの一端を示すことを本書ができていればと思う。擬古主義の詩人たちとは言っても、20世紀の間には、名が残った人々が言及されるだけだった。他の、韻律ごと古典作品を翻訳していた19世紀（さらに、18世紀・20世紀）の業績たちは、忘却の淵に沈んでいる。例えば、E・ヴィーダシュ（1791–1857）のホメロス両叙事詩全訳［Wiedasch 1830–1831; Wiedasch 1835–1843］がある。H・モンジュ（1849年ヴェセルで没）が、『イリアス』の第2歌の抄訳を誌上で発表して［Viehoff: 132–148］から後に、全訳を発表している［Monjé］。また、A・L・W・ヤーコプ（1789–1862）のホメロス両叙事詩全訳［Jacob 1844; Jacob 1846］がある。ミンクヴィッツのホメロス両叙事詩の全訳［Minckwitz 1854; Minckwitz 1856］のうち第1部がニーチェの蔵書の中にある［Campioni / Iorio / Christina Fornari / Fronterotta / Orsucci: 304 f.］。まだまだ、J・J・Chr・ドナー（1799–1875）のホメロス両叙事詩全訳［Donner 1855–1857; Donner 1865–1866］などもある。ホメロス以外の韻律ごとの翻訳となると、Chr・W・アールヴァルト（1760–1830）のカリマコス『讃歌集』全訳［Ahlwardt］や、J・K・Fr・マンソ（1759(1760)–1826）によるスミルナのビオン翻訳・モスコス翻訳［Manso］。こういった業績でも、19世紀の古典翻訳あるいは古典韻律詩作の大事業の一端すぎないのかもしれず、失われたテキスト、埋もれている文書、忘れられてしまいそうな人々がまだいるのかもしれない。

　おそらくそういったものすべてを、本書執筆時点で世界最大の企業の1つであり時価総額世界上位にいる「GAFA」のGであるグーグルによる一大文献収集プロジェクト **Google Books** が記録していくであろう。これまでにヒトの偏向と限定的知能により顧みられず忘却され埋没してきた広大な世

界が、検索エンジンとそのアルゴリズムおよび AI という、偏向とも嗜好と
もバイアスとも無縁の無限に未曽有な能力によって、救出されるのかもしれ
ない。

★1　かたや、数十年後にJ・G・ショッテリウス（ショッテル）（1612–1676）が、ド
　　イツ語の音節に古典語同様に語時量（Wortzeit）があるとし、長・短・長短両用
　　の3種の分類をしていた［Schottelius: 804］。例えば幹語を長とし、変化語尾や
　　無強勢接頭辞を短とし、1音節語を両用としていた［Schottelius: 806 f., 808, 817,
　　821, 825 f., u.a.m.］。意味音節すべてを長としているわけではない［Schottelius:
　　812 ff., u.a.m.］が、約100年後のクロプシュトック以降の人々が参照している内
　　容だとは考えられる。

★2　ヘクサメタの詩脚としてダクテュロスが必要であるが、A・ブーフナー（1591-
　　1661）が、ヤンブスとトロヘウスに次ぐ第3の詩脚としてダクテュロスがあると
　　していた［Buchner: 116］ことなども、古典韻律導入を手伝っていたかもしれな
　　い。この人は、オーピッツはもとより、讃美歌作者として有名なP・ゲルハル
　　ト（1607–1676）や、ライプニッツの教師であるJ・トマジウス（1622–1684）等々、
　　バロックドイツの著作家のそうそうたる顔ぶれと関わりがあった重要人物であ
　　る。

★3　また、J・Fr・W・ツァハリエ（1726–1777）の *Murner in der Hölle*［Zachariae］、
　　J・N・C・M・デニス（1729–1800）の訳業 *Die Gedichte Ossians*［Denis］、K・L・
　　v・クネーベル（1744–1834）の Hymnen［Knebel: 3–11］、ヘルティ（1748–1776）
　　の *Chriſtel und Hannchen*［Hölty: 309–312］、L・G・コーゼガルテン（1758–1818）
　　の *Die Ralunken* や *Ritogar und Wanda*［Kosegarten 1788(Bd.1): 131–164; Kosegarten
　　1788(Bd.2): 3–46］、J・G・ゾイメ（1763–1810）の *Apotheose*［Seume: 234–240］、J・
　　J・ムニオホ（1765–1804）の *Dir, an deinem Geburtstage*［Mnioch: 223–225］、V・
　　W・ノイベック（1765–1850）の *Die Gesundbrunnen*［Neubeck］、Chr・L・ノイ
　　ファー（1769–1839）の *Hilkar*［Neuffer: 3–99］、K・ラッペ（1773–1843）の *Die
　　Chinesischen Liebenden* や *An die Barthe und Barth*［Lappe 1801: 87–94; Lappe 1841:
　　98–100］、等々、大小様々な知られざるヘクサメタ作品がある。

★4　フォスの詩学の著作としては、主著『時量計測』の他に、『農耕詩』全訳初版の
　　「序文」、『時量計測』増補第2版の付録が周知されているが、なお他に、クロプ
　　シュトックの音節論を『ドイツ語学術誌』1781年上半期号所収の「フォス聴取」
　　において祖述している。ここでフォスはビュルガーの音節論をも検討しており

[Verhör: 220 f.]、その音律則にビュルガーからの影響があることを立証する重要な資料となっている。

★5　クライユスが、„*Er braucht kéin eſſen wird vón keim thiere gefreſſen*" (内容は、謎かけのようなもの)、ゴットシェートが „*Und Iſaak ſcherzét mit ſeinem Weibe Rebecca*"(内容は、『旧約聖書』)といった詩行を試みている。ゴットシェートの詩行の韻律記号は行末アンケプス以外原文のまま。gefressen の fr は子音 1 つ分。このクライユスという人は、オーピッツに半世紀先立って長音節を語強勢から導出してもいる [Clajus: 261–272]。

★6　Ul・v・W・ヴィラモーヴィッツ゠メレンドルフ (1848–1931) が解説するところ [Wilamowitz-Moellendorff: 7 f.] によると、ギリシャ語ヘクサメタつまり元々のヘクサメタは、〔第 1 ～ 5 詩脚で〕ダクテュロス詩脚しか使わないようにするものである。長大な作品に用いる際にはスポンデウスを使用せざるを得ない場面もあり、そうされてきたが、それでも、ダクテュロス詩行であることは変わらなかった。むしろ 5 世紀のノンノスのヘクサメタなどが本来の形であり、ホメロスやヘシオドスの時点では本来の姿に完成されていなかったのだが、このようなことは 19 世紀以前西洋古典模倣詩人たちの誰も知っていなかった〔実際『ディオニュソス譚』の詩行原文を見てみると、スポンデウスがないわけではないが、ほとんどがダクテュロスである。というか、スポンデウスを全く使わないと言っているのではなく、使うときの条件などを述べている〕。ドイツ語詩人がヘクサメタとして念頭においていたものはギリシャ語のほうではなくてそれのラテン語による模倣〔ダクテュロスでなくスポンデウスが基調になってしまっている〕のほうだった。そうである原因は、学校の科目も入手できる文献もラテン語が主だったからである。クロプシュトックにとってもヘクサメタとはウェルギリウスのものに他ならなかった。ホメロスに向かっていたのではなく、そう見せかけていただけだった (höchstens so getan als homerisierte er)。大したことはしておらず、「学童のラテン語作文をドイツ語でやっていたにすぎない」。後続者たちもみなその程度のものである。それどころか、ホイスラーなどにも、ヘクサメタとはラテン語のそれにすぎなかった。——このような知見からすれば、ゲスナーやクライユスの試みた詩行は、そのスポンデウス過多をもっ

て、ヘクサメタの本来の形から逸脱してしまっている。——ヴィラモーヴィッツ＝メレンドルフの言うことは、あてはまる人々もいるだろうから聞いてはおくべきことであり、それに、合っているかいないかは別にして、当然と思われてきたことが実はそうではなかったということをきちんと暴く姿勢自体が貴重で重要である。それは実はギリシャではなかったのだ、と。ただ、あてはまる人々に関しては、である。フォスやクロプシュトックやその他その他の人々がラテン語ヘクサメタとギリシャ語ヘクサメタを明らかに区別しているし、その実作は、本章★14 に記している通り、ダクテュロス主体であり、極めてギリシャ語本家風である。ヴィラモーヴィッツ＝メレンドルフはそういった事実を見ようとしていないのかもしれない。しかも、問題はむしろヘクサメタではなくてオーデだろう。擬古詩作がドイツ語に応用していたオーデはいつもホラティウスだった。ヘルダーリンのようにギリシャ語の本家に向かうことが絶えてない（論じることはあるのだが）。そのことを問題にしている文章を見たことがないから理由は推測するしかないのだが、おそらく、ホラティウスオーデが本家に比べて豊富に残存しているから、本家オーデは残っていなさすぎて韻律を知る手がかりが少なすぎるからであろう。オーデの在庫はラテン語に当たるしかないということなのだろう。ここでは確かに、実はギリシャではなかった。ところで、ヴィラモーヴィッツ＝メレンドルフの文章は、1920 年代の出版物上であり、この時には、古典古代の研究が進み、多くのことが明らかになっている。ところが、驚くべきことに、ほとんど注目はされないにもかかわらず非常に鋭い考察を多数残している『ドイツ語音律則試論』のモーリッツが、実に 18 世紀という時点で、これと似たようなことを既に述べていた。

　　世間ではドイツ語でヘクサメタを作っているが、本当はダクテュロスしか使ってはいけないのに、そうなっていない。スポンデウスは時々混じってもいいというだけのものであり、その時にも、詩脚後半が長になっているスポンデウスでないといけない。トロヘウスになっていてはいけない。だいたいトロヘウスなど使うとだらしなく締まりなくなるではないか。ところが、ドイツ語ヘクサメタというと、ダクテュロスが時々混じるトロヘウ

ス詩行にしかなっていない。悪いとはいわないが、ヘクサメタではない。[Moritz: 203 f.]。

しかしあくまで 18 世紀時点に出ている作品のことであって、後のプラーテンやシュレーゲルのヘクサメタは完全にダクテュロスヘクサメタである。

★7　計測機器を使った現代の韻文研究が、クロプシュトックが定義していた通り、意味内容の重い音節が長く発音され、軽い音節が短く発音されることを報告している [Schultz 1972: 34–41]。しかしこれは計測するより以前にそもそもそういうものなのかもしれない。音節が 2 つ並べば両方が同じ長さになるわけがなく、強勢音節には強勢しかないから長短など関係がないなどとはまちがっても言えるわけがなく、音節間には空隙が必ずあってその時間をアクセント音節が占めて長くなるのであると、エンクが言っている [Enk: 8 f.]。長短は、発音しないで済むわけがないものなのであろう。なお、音節を単純に長・短としていたのではなく、さまざまな慎重な意見が出ており、例えばクロプシュトックなら 6 の長短に [Klopstock 1779a: 16] 分けていたりするし、ビュルガーが 8 の長短に分類している [Bürger 1776: 60]。

★8　<3> をよく見ると前置詞の mit が一義的な短音節でない。前置詞は 2 音節なら長・短が一義的に決まるが、1 音節なら出現箇所によって長とも短ともなりうる。1 音節の前置詞、代名詞、助動詞、接続詞等々、また、数々の接辞が、それだけでは長とも短とも決定されえない。隣接音節が長短を決めてくる。今の mit なら、Büschen と liebender という音節に挟まれて、短にしかなりえない。一方、例えば [...] in Holz mit liebender [...] なら、長になる。フォスが、こういった音節には Mittelbegriff があるとし、長短両用を Mittelzeit と名付け、微細に渡って検討・分類している [ZM: 11, 49 ff.]。また、隣接する 1 音節語同士の長短の決定に関してはモーリッツが詳細な議論を展開しており、一覧表を作成すらしている [Moritz: 184–187]。

★9　Ton がどこまでいわゆる「アクセント」と重なっているのかどうかは判然としない。オーピッツを含めて皆が古典韻律を念頭に置いているのだから、いやドイツ語の韻律論の基礎に古典語の韻律があるのだから、Akzent・Betonung・

Hebung 等々何を言おうと、古典語のピッチアクセントが多かれ少なかれ念頭に置かれていざるをえないことは確かである。アーデルングが、Ton のある音節をアクセント（betont[]）音節というのだと述べている［Adelung: 71 f.］事実や、1-6-2 で見るようにボーテが Ton ＝アクセントという述べ方をしている［Bothe: XVII］事実なども参考になる。そもそもアクセントとは複合事象である。音というものは、高く・長く・強く・濃く・明るく・暗く・重くあり、これらの組み合わせも無数である。様々な組み合わせが漠然と「アクセント」と呼ばれるだろう。はっきりとこれは強弱これは高低これは…と言える人も詩人もいない。

★10　ここでは話を単純化しているが、実際はもちろんかなり錯綜している。クロプシュトックはアクセントや音高低の役割を否定しているのではなく、理論に含めている。開祖の常としてか、後続者らに対して総合的・全方位的に考えており、思考の深度が計り知れない（あたかもフッサールのように）。シュルツによると、ドイツ語の音節は長さ・強さ・高さ等から構成されており、クロプシュトックの Länge という概念はこれらすべてを含んでおり、古典韻律の無造作な模倣ではなく、むしろドイツ語の「アクセントという複合体」の正確な表現を意味している［Schultz 1973: 112–115］。こう考えるとフォスとモーリッツは開祖を単純化しているとも言える。フォスは、アクセントに関しては、顧慮を払ってはいるという程度。モーリッツにとっては語強勢はただの付け足しにすぎない。音節長短には意味が決定的（でありアクセントは無関係）だという考えの強さは、モーリッツ＞フォス＞クロプシュトックであり、ドイツ語の音節にとって重要なのは長短であるという考えの強さがこの順である。つまり真の意味主義音律論者にして真の長短アクセント主義者はモーリッツになってしまう。しかし古典語の時量図式をドイツ語詩に持ちこみ終始ここで動いていたのは、これら３者の中では、フォスのみである。また言語に柔弱さを一切許さないのもフォスのみ。擬古調の度合いがシュレーゲル＞フォス＞クロプシュトックなら、力強さの追求度ではフォス＞シュレーゲル＞クロプシュトックであろう。

★11　これらは意味の重さによってダクテュロス不適格なのであって、後で見るように古典語の意味で音量が膨らんでいるのではない。ところが、フォスの理論の好意的な解説として知られる［Kelletat］が、他ならぬ『時量計測』中の意味

66

主義音律則を紹介した後に、ダクテュロスを論じる章で、„Hándwerk doch" や „Pfárrherr welch" といった例を挙げ、こういったダクテュロスでは抑格の音節 (-werk doch, -herr welch) の「音量」が子音連続によって増えすぎており ‿‿ としては通用し難いなどと述べている［Kelletat: 67］。しかし、この２例に見るように、ケレタートの挙げるダクテュロスの抑格は、音節音量が大きいからダクテュロスの抑格として不適格だというより以前に、意味内容が重すぎて不適格なのである。つまり、意味主義音律則のよき紹介者であるはずの人がその基本を理解していないように見えるのである。ケレタートのこの文献は数々の示唆を有しており、最重要文献の１つではあろうが、しかし他にも、例えば、フレンケルの画期的なギリシャ語ヘクサメタ研究において掲げられた詩行分節 (Zäsur) の図［Fränkel: 104, 111］をフレンケルの意図を汲まない形に改変した上で掲げ［Kelletat: 55］、その改変図表を用いた解説［Kelletat: 56 f.］には矛盾点が少なくない。（なお、フレンケルの図表は、ヘクサメタを解説するときに、書籍［Halporn / Ostwald / Rosenmayer: 11］でもウェブでも用いられているが、やはりフレンケルの議論そのものは反映されていない。）さらに他にも、<4> の詩行例を挙げながら、なぜかこれが「アンフィブラハ」語脚を連続させる例（2-4-1参照）だとしている［Kelletat: 58］。<4> の詩行にはアンフィブラハなど１つもないのだが。

★12　例えばミンクヴィッツが、詩学理論書の第６版で、フォスの分類作業を精緻化していた［Minckwitz 1878: 1–16］。この世紀の終盤に出ている詩学書でも、音節長短に関してフォスの定義を踏襲している［Lange: 16 ff.］。意味音節＝長音節論のヴェッセリーが、アクセントがいかに副次的なものにすぎないかを詳論している［Wessely: 1 ff., 14 ff.］。

★13　こういった認識は 17 世紀前半には明確になっている。例えば、„In vnſerm Deutſchen aber wird der Acutus nirgend anders/als auff langen/vnd der Gravis nur auff kurzen Sylben/gebraucht. Vnd kommet alſo bey vns der Acutus hierinn überein mit dem Circumflexo, der gleichfalls allezeit auff ſolche Sylben/die man lang vnd hoch fürbringt/geleget wird." （一方ドイツ語では鋭アクセントは長音節でしか、重アクセントは短音節でしか使われない。よって、鋭アクセントと曲アクセント（長・高の

音節にしか使わない)の違いがなくなってしまう。)〔Titz: B. 1. Kpt. 1. Von dem Laut der Sylben. 5. s .p.〕

★14 そうすると、意味主義音律則にもとづけばスポンデウスは得られやすい（**Handschuh**）が、ダクテュロスは得られにくいようにも思える。アクセント主義では、例えば Handschuhe など問題なくダクテュロスであるが（Hándschŭhe）、意味主義音律則の前提では**Handschūhe**とスキャンするしかなく、ちょっとした語形変化にも弱いかのようである。しかしそうはならない。**Handschūhe**はこれだけを見ていれば不利な語だが、実際はむしろ、3–3 に見る滑奏スポンデウス（ğe|schenkt Hand|schūhe）という好ましい処置の好材料なのである。また、意味内容の軽重が一義的には決定できない数々の音節を長短両用音節（Mittelzeit）とすることで短音節も自在に得ることができる〔ZM: 11, 49 ff.〕のだから、その点でもダクテュロスの材料には事欠かない。19 世紀に、統計手法で古典語と新高ドイツ語のヘクサメタの文体研究を行った数学者ドロービッシュによると、クロプシュトック、フォスのヘクサメタ詩行ではダクテュロスが優位である〔Drobisch: 139–148〕。さらにヴォルフ、シュレーゲル、プラーテンがこの 2 人よりもなお、いやホメロスよりも高頻度にダクテュロスを用いており、一方ゲーテやヘルダーリンではダクテュロスは少なく、ほとんどラテン語ヘクサメタ並みの頻度に落ちる〔Heusler 1917: 52; Kelletat: 59; Levy: 331〕。

★15 時にはフォスを切り捨てながら〔Heusler 1917: 10, 31 f., 46〕、しかし随所で例外視している〔Heusler 1917: 37 ff., 44, 55 f., 65 f., 72 f., 74, 75 f., 77, 78, 83, 90, 101〕ホイスラーは、フォスがドイツ語ヘクサメタを 3 拍子で聞いていたし発音していたと言い、これを意識から抑圧していたと言っている〔Heusler 1917: 68〕。

★16 シュレーゲルは後で見るようにトロヘウスの排除を明言している。フンボルトは、シュレーゲル宛の書簡（1821 年 5 月 5 日ベルリンより）中、「お考えの通り、トロヘウスの混入したヘクサメタ詩行など詩行ではありませんよ。避けることだって別にできないことではありませんね。」〔Humboldt 1908: 7〕と書いている。

★17 その傍証に近い事柄だが、Trevelyan という論者が、厳格派の影響下にあったゲーテが古典ヘクサメタの 4 拍子リズムに傾斜して、SP(TR) が成立するように音節音量を考慮していたとしている〔Trevelyan,: 116 f., 295–300〕。

68

★18　巨人や大きな力云々というのは、今見ている『時量計測』増補第2版収録の「ド
　　　イツ語ヘクサメタ論」の元になる文章のある『農耕詩』翻訳「序文」[Landbau¹:
　　　III–XXIV] には見られない。一応ほぼまったく同じ説明がある [Landbau¹: XIV]
　　　が、キュクロプスや großer / Kraft は増補だ。増補第2版出版の1831年がフォ
　　　スの死後であることを考えれば、本人による記述でない可能性もある。おそら
　　　く息子だろう。編者のアブラハム（Abraham Sophus Voß, 1785–1847）か、そち
　　　らより有名で父の理論をよく知るハインリヒ（Heinrich Voß, 1779–1822）かどち
　　　らか。両人とも文化人であり、特に後者はゲーテはもちろん、ジャン・パウル
　　　やヤコービなどとも親交があった。

第2章
リズム狂騒の世紀

2–1　正義 v.s. ロマン

1–4 で見た論文をホイスラーは次の文言で始めている。

> 有名な話があって、プラーテンがゲーテよりも正しい詩を書いていたが、面白味では負け、へんな言葉づかいだったという。〔改行〕ここで言っているのは、西洋古典志向の韻律、特にヘクサメタのことである。ヘクサメタ以外にいくらでも詩型があるが、そういった話はしない。では、このように正統と興趣を対立させて、何が言いたいのだろうか。[Heusler 1917: 1]

前章で見た古典模倣のリゴリズムと緩い自然風なヘクサメタ詩行との対比を象徴的に言うと、このようになる。本章では対比を引き続き描いていくが、[Heusler 1917] はもちろん他の論考や論評もいまだ十分に考察したことのない、非古典風であり弱いものであるとされる韻文リズムをめぐる問題を明確にしていきたい。中でも特にアンフィブラハであるが、古典志向ならばアンフィブラハの語脚を忌避するということ自体は周知されてきたことであり、言及はされてきた事実である。その事実を詩人たちの実作に即して調査すれば、漠然と言及するよりかは各人の傾向が明確になるだろう。しかしそのような瑣末なことより以上に、もし、積極的に顕著に、いやほとんど意固地に

露骨にアンフィブラハを排撃している傾向が見つかれば、弱い音調を排して強い言語というものを志向する異常な詩作があったということを示すことができるかもしれない。

　考察に当たって、アンフィブラハを定義している当時の詩学書を参照しよう。「◡—◡と表記するアンフィブラハ〔Amphibrachys〕は、原語が ἀμφιβραχὺς であり、ἀμφὶ ＝ 周りが βραχὺς ＝ 短音という意味である。スコリウス〔Skolius〕ともいう。σκολιὸς と書き、曲がっているという意味。〔中略〕弱い脚ともいう。それは、長音節が十分に高くなく、トロヘウス〔Trochæus〕になって落ちるという弱々しい音調をしているからである」〔Dilschneider: 37〕というものが見つかる。ではまず、詩行のリズムというものの諸相を一べつしておこう。

2-2　詩の科学

　「語脚〔Wortfuß〕」というものを現在どのように認識しているだろうか。

　普及した詩学書の中ではシュラーヴェが明示的に取り上げているが、何かおかしい。語脚というのは現在では一般的なものではないが聴覚が捉える本当のリズム単位ではあると言い、次節で見るクロプシュトックの非常に有名な詩行例を挙げつつ［Schlawe: 47］、現代の論者としては珍しくこの 18 ～ 19 世紀の人のテキストそのものに当たっている。通常で 2 ～ 4 音節、1 音節や 6 音節もあるとしている［Schlawe: 48］が、後に見るように、確かにそういうものである。

　ホイスラーがコーロン（Kolon）と同一視してしまっていると言い［Schlawe: 47］、„der tempel | ist euch auf-|gebaut“［Heusler 1956 Bd. 1: 38］というコーロンはリズムとして認められないとしている［Schlawe: 48］。2 人とも出典を挙げていないが、これはゲーテの *Künstlers Morgenlied* の第 1 詩行である。

　さらに、アルントの „Der Mond ist | aufge-|gangen,“［Claudius: 57］という

発声拍（Sprechtakt）というリズム単位など、もっと認められない［Schlawe:
48］。アルント自身の文言では、この3つに分けた発声拍というのは、詩脚
とは異なるものであり、コーロンであり、ザーランの言う分肢（Glied）で
あり、E・ドラッハ（Erich Drach, 1885–1935）と Chr・ヴィンクラー（Christian
Winkler, 1904–1988）が言う語ブロック（Wortblock）である［Arndt: 58］。な
お今の詩行も出典を記していないが、子守歌として知られるようになってい
る M・クラウディウス（1740–1815）の抒情詩 *Abendlied* の1行だ。

　さらにシュラーヴェは、ザーランの „Von alle-|dem | konnte in | Rom | nicht
die | Rede | fein.“ ［Ranke: 414］という単位も認めがたいと言う［Schlawe:
48］。これは詩行ではなくて、L・v・ランケ（1795–1886）の『世界史』の
中の1文。アルントがザーランの言う分肢と言っていたが、正しく言うとこ
れらは副分肢（Unterglied）であって、分肢なら Von alledem | konnte in [...] と
分けることになる［Saran: 84］。副分肢→分肢の上位にまだ単位がある［Saran:
84］が、それは割愛。

　ではシュラーヴェ自身がどのような語脚を例示するのかというと、„Aus
dunklen | fichten | flog | ins blau | der aar / Und drunten | aus der lichtung | trat | ein
paar“ というものである［Schlawe: 48］。引用は［George: 21］。明記されてい
るが出典は St・ゲオルゲ（1868–1933）の *Urlandschaft* の第1～2詩行、た
だシュラーヴェは名詞の語頭を大文字にするなど普通の活字にしてしまって
いる。ゲオルゲはタイポグラフィにこだわりを持っていて、詩行冒頭などの
箇所を除いて小文字主義だったことが有名である。さてこの分節は語脚など
ではない。一方、最も重視している単位［Schlawe: 49］であるコーロン（Kolon）
に分割している箇所を見ると、„Aus dunklen fichten | flog ins blau | der aar / Und
drunten | aus der lichtung | trat ein paar“ ［Schlawe: 53］（引用は［George: 21]）で、
こちらのほうこそクロプシュトックらの語脚と完全に重なっている。一体ど
ういうことだろうか。なおこのコーロンはアルントの言うコーロン（＝発声

拍）とはかなり違う。

　また、アルントの発声拍だが、ミノールが、発声拍として „Der Thauwind | kam | vom Mittagsmeer,“ ［Bürger 1844: 155］という分割を記している［Minor: 157］。ビュルガーのバラード Das Lied vom braven Manne の第 2 詩節第 1 行。しかしこれは、1 発声拍に 1 ヘーブングとアルントが明記している定義に従えば、Der Thauwind | kam | vom Mittags-|meer という発声拍に分節しなければならないことになる。vom Mittagsmeer は 2 ヘーブングだ。

　現代の詩論で語脚という単位を提唱者らに忠実に理解している例は ［Lockemann: 151 f.］など一応あるにはある。しかし［Lockemann］の主題は語脚ではない。ここまでに挙げてきたのも、論者らの発言の一部を切り取ってきただけものであり、それぞれが、もっと数多くの分類をしながら、文のリズムに関して体系を構築している。ただ、いずれにせよ、用語に関して一致を見ないようであり、共通する何かを取り出してくるのが難しそうだ。しかもどれも語脚とは重ならないようである。18 ～ 19 世紀の意味で語脚というなら、

・Der Tempel | ist euch | aufgebaut

・Der Mond ist | aufgegangen,

・Von alledem | konnte in Rom | nicht die Rede sein.

・Der Thauwind kam | vom Mittagsmeer,

といった分け方になる。

　しかし、このようなことをしたところで、実は何の意味もない。語脚というのが、オーデやヘクサメタを考えるためのものであり、これらを極力古典風にするために提唱したものだからだ。それは 20 世紀以降の韻文には適用できない。しかも、特にフォスにおいてはだが、現在の詩学におけるような価値中立的な分類基準ではない。反対に、著しくイデオロギー濃厚な原理である。したがって、これからは、現代をすっかり離れてしまって、旧世紀の

言説を発掘しに行かなければならないことになる。

2-3　衝撃と畏怖

　語脚を提唱したのはクロプシュトックということになっており、「ドイツ語ヘクサメタ考」と題する複数の論考で詳論している。第 1 の論考は、1748 年に *Bremer Beiträge* 誌に第 1 ～ 3 歌を掲載［Klopstock 1748］して後 1773 年に完結した 1 万 9458 行の大叙事詩『イエス・キリスト物語』[★1] の第 3 巻［Klopstock 1769］に付した序文であるが、頁が記載されていなくて出典明記ができないから、1855 年出版の全集［Klopstock 1855b］を参照する。第 2 の論考が 150 ページ超、全集は参照せず、同時代人たちが読んでいたはずの初版［Klopstock 1779a］を参照する。

　クロプシュトックの語脚、いやそもそも語脚というと、次の行（戦場の凄烈な吶喊を描いている）を紹介するのが通例である。第 2 論考から引用する。

（詩脚）Schrecklich erſchol der　geflügelte| Donnergeſang in der Herſchar.

（語脚）Schrecklich erſchol | der geflügelte | Donnergeſang | in der Herſchar.

記号で示している通り、この詩行には、詩脚と語脚という 2 つの異なった内部分節があり［Klopstock 1779a: 145 f.］、後者を次のように定義している。

　詩行の脚というと、まず、ただ一定のリズムを繰り返すだけの脚〔詩脚〕があって、言葉のうしろに隠れているだけのパターンであり、言葉自身が作るリズムではない。作為によって仮構した〔人工的な〕脚と今までに呼んできたものだ。他方、ことばのほうが自分で自分をリズミカルにし出すとき、ことば自身がリズム形成を行い出すとき、そのときには語脚というパターンが生じる。（前者と後者が重なるときも無論ある。）も

ちろん、「語」とはいっても、1語が1語脚というわけではない。意味
上1まとまりになっている語ブロックが語脚である。とはいえ多音節の
語〔wen ein Wort file Silben hat〕だとそれ1つで1語脚となる。多音節だと、
意味的には他の語とまとまりをなしていても、リズム的にはなしようが
ない。〔Klopstock 1779a: 144 f.〕

とのことだが、これだけを読んでも語脚のことはよくわからず、詩行を
見てここからここまでが語脚だと区画整理をできるようにはならない。
Schrecklich erscholl で1語脚としているが、これは多音節語×2であり、い
きなり話とちがっている。多音節（viele Silben）とは Donnergesang ぐらいの
ことを言っているのだろうか。このぐらいの大きさの語なら1つで語脚にな
らなければならないのだろうか。しかし、例えば und ein Donnergesang でも、
確実に1語脚にされる。一方 solche Donnergesänge なら2語脚にされるだろう。
やはり、どこか、よくわからない。韻律論はつねにそうだが、話がすっきり
としたものになることはない。
　ただそうはいっても、この詩行がよくできたものであること、確かにリズ
ムの体験が作者の分ける語脚ごとのものであることは本当にそうである。読
んでみれば、音調の至芸が聴こえる。第1楽章 Schrecklich erscholl で文字通
りいや音響通り「衝撃と畏怖」の一幕が眼前に開闢し、雲間をたゆたう緩
徐調の der geflügelte で嵐の前の静謐が立ち昇り、Donnergesang で雷雲に走る
閃光が嗜虐を予示しつつ大鐘音のティンパニが地を底からを轟かせ、in der
Heerschar が誰にも止められない惨禍の命運とスプラッタで世界を圧倒的に
照らす。たった1行でこれだけのことをやるのが、ヘクサメタだ。
　さて、上の詩行例と定義文の10年前に、第1論考において既に、語脚に
ついて論じている。この論考は、古典語最高のヘクサメタを作っていたホメ
ロスよりも、（トロヘウス詩脚を根拠にしながらだが、）ドイツ語ヘクサメタ

のほうが多様なリズムを有すると宣言★2するところから始まる［Klopstock 1855b: 45］。そして、ギリシャ語に全部で18の語脚がある一方、ドイツ語にはそれ以外になお5あるとしている［Klopstock 1855b: 52］★3。そうして、（そのどれにも当てはまらない語脚も見受けられる行もある）18点のヘクサメタ詩行を挙げ、そこから語脚を抽出してきており［Klopstock 1855b: 52–54］、同時にアンフィブラハに言及し、この語脚はドイツ語で「頻出する」が、律動が「柔弱」にならないように連続使用は避けようと言っている［Klopstock 1855b: 52］。とはいうものの、第2論考に戻ると、2-4-1に見るような、アンフィブラハが5連続する非常にまずいはずの詩行を挙げて、

(T)Aber (A)da rolte (A)der Donner (A)fon dunkeln (A)Gewölken (A)herunter

特に否定的な評価を下さず、単に、アンフィブラハは「やわらか」な語脚であると定義している［Klopstock 1779a: 180］。なお、落雷を詠んだ詩行である。

　ここで、話が混乱をきたしやすくなるだろうから、注意点を記しておきたい。この詩行は、語脚云々以前にまず第一に、

1   2   3   4   5   6
Aber da / rolte der / Donner von / dunklen Ge/-wölken her/-unter

という詩脚からなっている。詩脚としては、ダクテュロスしかない（行末部分は度外視）。詩脚としては、「アンフィブラハ」などどこにもない。それは語脚として見たものである。そして、語脚としてみると、トロヘウス語脚も見受けられる（Aber）。アンフィブラハ語脚に(A)、トロヘウス語脚に(T)という目印を付している（今後もそう表記する）から、いま言ったことを確かめてほしい。つまりこの詩行にはトロヘウスの詩脚はないが語脚がある。ちなみに両者が同時にできることもある。1-6-1でみた高名な巨匠らのトロヘ

ウス詩脚など、同時にトロヘウス語脚でもあることが非常に多い（特に第1詩脚に多く、わざとしていることなのではあるが、その点は詳論できない）。ゲーテの『狐ライネケの物語』などが最たるもので、

$$\underset{(T)}{\overset{1}{\underline{Jede}}} \ / \ \underset{(T)}{\overset{2}{\underline{Wiese}}} \ / \ \text{sproßte [...]} \ [\text{Goethe 2005: 285}]$$

という例が無数にある。そもそも語脚と詩脚が一致することが、擬古主義やドイツ語詩の文脈にかぎらず、いやジャンルを越えて全韻文一般において、見苦しく好ましくないものとされる（というか、西洋芸術の核にある感覚では、2つの形式が愚直に重なることがすべからく見苦しいものなのである——シンタックスと韻律が無造作に重なる和歌などと違って）上に、トロヘウスが極端に多すぎる点をもって、『ライネケ』の詩行は、第1章★6のモーリッツなどに従えば、ヘクサメタではないことになるのだが、それはともかくとして、クロプシュトックとゲーテの例を見ながら、どうにも話が混乱をきたしやすいものだということが感じられるだろう。詩脚と語脚は別のものである。ところが、名称が同じなものだから、まぎらわしいことになる。この点は3-4などでも注意されたい。長・短という詩脚、すなわち語意とは関わらない単なるルールはもちろん、長・短という語脚、すなわち意味的にまとまっている語ブロックも、「トロヘウス」と無造作に呼ばれるのである。

　本当は、前章で見た「トロヘウス」の詩脚を避けるという話と、本章と次章で見る「トロヘウス」の調子を忌避する話は、まったく異なる話なのだろう。ただ、言葉が同じなので、当事者たちの意識または無意識の中でも話が連続してしまっているかもしれない。

2-4　強き者よ

2-4-1　舌鋒家

フォスはクロプシュトックから語脚論を受け継いでおり、自身でも、

> 語脚というのはリズムの単位のことであり、「語」とは言っても1語1
> 語脚というわけではなく、単一語で1語脚、複合語で1語脚、数語で1
> 語脚などとなるが、要するに2ヘーブング以内におさまればよい。[ZM:
> 143]

と定義している。今までに見てきたものとこれから見て行くものを見れば、到底この定義に沿っていない。

この文章のある『時量計測』「詩行のなかの時間量〔Vom Zeitverhalt★4〕」の章［ZM: 141–169］が詳細な語脚論となっており、数箇所でアンフィブラハを論じている。まず控え目に「軟弱ともいえるやわらかなアンフィブラハ」と始め［ZM: 150］つつ、遠慮を捨てていき、「強い語脚に隠さなければ」「気持ち悪いものになりやす」く、（ハリカルナッソスの）ディオニュシオスの言う通り「いわば不具」で「めめしく卑賤」な語脚であると述べる［ZM: 151］。後の章でも「男らしくない小躍り」と評している［ZM: 193］。ところで、アンフィブラハと言っても、1語による „empfanden" に比べて、2語による „empfand ich" では、〔-pfand と ich の間のコンマ秒の空隙により -pfand という〕長音説が伸び、empfandというヤンブスができているにも等しく、こちら「のほうが強度を有する」[ZM: 153]★5。また、„(A)der Saiten (A)Gelispel" と2つのアンフィブラハが並んでいる場合と比べて、„das Saitengelispel" という「二重アンフィブラハ」だと、短音節（-en ge-）が速くなって、こちらのほうが強度を有する［ZM: 153］。

しかしこのように語脚を単独で見ていても仕方がなく、詩行の中での

語脚を見なければならない。後にも見るが、アンフィブラハは、1つも作らないで詩を書いていくのが確率的に不可能な、非常にできてしまいやすい語脚である。したがって、これができてしまったときに、周囲の語脚とミックスさせてその好ましくない音調を救おうということになる。どういうことかと言うと、例えば、第2ペーオン（◡–◡◡）なりヤンブス（◡–）なりといった、「力がある」語脚が後続するなら、たえアンフィブラハが2つも並んでしまっても、可である。だから例えば „ Mächtig (A)entſauſte (A)die Kugel, und ſchmetterte (o. und traf))" というのは可である［ZM: 166］。射出弾丸が命中するところを描いている。後で他の救済措置も見る。一方救えないケースもあって、「1トロヘウス＋5アンフィブラハというパターンなどはいかんともしがたい」［ZM: 166］。どういうものかというと、前節に見たクロプシュトックの Aber da rolte [...] のようなもののことである。このような「軟弱かつ単調な律動」が支配する詩行では、「どれほど内容がやわらかだったり強かったりしても、どれほど表現と響きを選り抜いていても」、それらは、「ひ弱なモノトーン」で「歪曲」されてしまう［ZM: 166 f.］。

　1トロヘウス＋5アンフィブラハに対する嫌悪は、いま見ている『時量計測』の数年前、ウェルギリウス『農耕詩』翻訳の「序文」［Landbau¹: III–XXIV］でも表している。この「序文」には、フォスの死後に出版する『時量計測』増補第2版（1831）付録の「ドイツ語ヘクサメタ論」［ÜH］の元になる文章［Landbau¹: XIV–XXII］が入っており★6、その中で次のように書いている［Landbau¹: XVIII f.］。

　　クロプシュトックのヘクサメタは規範を外れることはあっても実はヘク
　　サメタになっていたのだが、同時代人にはなんだ規範など外れていいの
　　かと思えてしまい、やがて、要するに6まで数えれたらヘクサメタを作っ

ていいのだろうなどと思い込んでしまっていた。そうしてできてしまっ
たものときたら、まちがって産まれてしまった失敗作でしかなく、獣声
を上げてヘクサメタの歌声を掻き消すケダモノであり、上掲の悪い（が
救える）例よりももっと悪い。こやつらは、長音節・短音節の区別も無
視するものだから、長短両用音節など当然考えもしない。リズムも音韻
も不潔そのもので、およそ感性というものにまるで欠落しており、いや、
呆れたことに、詩脚を6にする気もない★7。もはやバケモノというもの、
思いつきで強弱を付けただけの音節をそこらじゅうに吠え散らしかし、
リズムの分節は息がつづかなくなったところという始末で、甲の語脚を
置いたら次は乙にするという最低限のことすらしないかと思えば、最弱
の語脚たるトロヘウスと糞アンフィブラハを山のように使いよる（最弱
なのは、ふつうに詩行を書いていると自然に湧き出してくる語脚だから
だ）。しかもこいつらのアンフィブラハは子音が多くて無理やり短音節
にしているものだから、読んでいてイライラすること甚だしい。そんな
ものがたった1行の中で5回も暴れ回ることがある上に、はっきり聞こ
えさせてやろうとばかり2度も鼻息を荒げよる〔ſich verſchnauft〕ので
ある。[Landbau[1]: XVIII f.]

と述べて、次の詩行を例示している。

(T)Fröhlich (A)belauſch' ich, | (A)im Dunkel (A)der Buchen, |

　　　　　　　　　　　　　(A)das Zwitſchern (A)der Vögel

(T)Wollust! (A)jetzt horch' ich, | (A)durchs Dunkel (A)des Buchwalds, |

　　　　　　　　　　　　　(A)aufs Lenzlied (A)der Vögel

前者がよく引用されるようになっていくが、子音が多くて云々というのは後

者のほうである。クロプシュトックの Aber da rolte [...] とまったく同形であり、わざわざコンマと棒線を使って、2回 sich verschnaufen しているところを示している。最悪の見本としてフォスが作ったものだが、2-5で見るように、まったく同形のヘクサメタがゲーテとシラーに見られる。ここまでのところでも、音韻の調子や進行がなよやかで弱くてせせこましい場合を非難しており、力みなぎる強い律動をよしとしているということがわかるが、この後にさらにそれがわかる。今見ている箇所でも、「力〔kraftvoll, Kraft〕」という表現が目立ち、「野生児」や「自然児」の技巧の欠落を難じている [Landbau[1]: XIX]。つまり、自然＝柔弱／人工＝強靭なのである。なお上の2行で詠んでいるものは、くつろいだ平和な自然散策である。

　ところで、新高ドイツ語では、語というのは、1の幹綴（アクセントのある一義的長音節）に1の副意味音節が後続することが非常に多い（— ＋ ⌣）。よって、トロヘウスの語ができやすい。Duden 文法篇に、名詞の複数形が「いわゆるトロヘウス」になりやすい（* Vögel-e という形を避ける）がそれはトロヘウスが選好されるからだとある [Duden: 146]。まさにそうだろう。固有語の基本動詞の不定形がおしなべてトロヘウスであること等々、思い出せる事実がいくらでもあろう。トロヘウスはアンフィブラハと同じく弱いとして排撃される語脚である（というか、弱く好ましくない語脚としてこの2つしか挙がらないとも言えるが）。

　そしてこのトロヘウスに幹綴が続けば、たちまちトロヘウスの詩脚ができる。ごく普通にドイツ語を発すると、非常にこのようになりやすい（Aber / meine / Mutter / hatte / eine / solche / dunkle / Wolke / mitten ......）。次に、無強勢の1音節接頭辞（いわゆる「非分離前綴り」等）や無強勢の1音節冠詞が少なくない（⌣ ＋ —⌣）。よって、アンフィブラハも極めて生じやすい。他にもまだ要因があるが、結局アンフィブラハ（とトロヘウス）は非常にできてしまいやすい語脚なのであり、そういう意味ではごく

ごく自然なリズムである。

　確かに、日常の発話（やそれに近接する散文作品の文章）では音節配分は
おおむねランダムであり、アンフィブラハ（とトロヘウス）が本当にどこま
で出現しがちなのかは判然とはしないだろう。ところが、ヘクサメタの中で
は、よりによってアンフィブラハを避けなければならない詩行の中では、頻
出するのである。なぜなら、ヘクサメタの詩脚であるダクテュロス（—◡◡）
こそが、アンフィブラハを呼ぶからだ。すなわち、—◡◡|—◡◡|—◡◡ [...]
は、—◡|◡—◡|◡—◡|◡ [...] でもある。詩脚をダクテュロスにしてゆけば、
言語に潜在している語脚 ◡—◡（のしかも連続）が顕在化してくるのである。
気を張り詰めていないと次々に混入してくるのがアンフィブラハである以
上、これを憎むフォスは反自然ともいうべきもの、その要求は自然に反せよ
と言わんばかりの力づくなものなのである。この点でクロプシュトックと袂
を分かつ。

2-4-2　どこからが「詩」なのか？

　クロプシュトックが軽視しすぎる詩行リズムを重視しすぎていると言われ
るフォス［Linckenheld: 74］は、確かに、詩行リズム、ルールとして備わっ
ている息つぎ箇所の機能をよく論じている。

　一応だがリズムとは音の長さに関することであって高さや強さに関する
ことではないから、古典韻律ではもともと主題になりやすいものであるのだ
が、特に詩行のリズムというときには、行内のどこに分節を置くかという決
まりの話をしている。アレクサンドリーナだと行中央に１つと決まってい
るからモノトーンになるが、ブランクヴァースなどは分節が自由（であり
脚韻もない）だから自由に躍動することになる。分節規則が他を圧して多
彩でかつ厳格なのがヘクサメタである。詩行内リズム分節を特に Zäsur とい
う。詩脚内部に置かないといけない分節のことだが、それだけのことではな

くて、Zäsur とは古典のカエスーラの単なる訳語でなくなっていて、いわば古典語 – ドイツ語ヘクサメタの溶接部となっているとも言える最重概念だから、他の言語に移すことは不可能である。ヘクサメタの中にいくつかある。どのようなものがどのように定められていたのかに関する相当な量の研究の蓄積がある。

常識的に知られてきたものとして、第3詩脚内の Penthemimeres と第4詩脚内の Hephthemimeres と第2詩脚内の Trithemimeres がある。

$$\mathrm{{}^{\prime}I\lambda\iota\acute{o}\theta\varepsilon\nu}^{(Tr)}|\ \mu\varepsilon\ \phi\acute{\varepsilon}\rho\omega\nu^{(P)}|\ \breve{\alpha}\nu\varepsilon\mu o\varsigma^{(H)}|\ \mathrm{K}\iota\kappa\acute{o}\nu\varepsilon\sigma\sigma\iota\ \pi\acute{\varepsilon}\lambda\alpha\sigma\sigma\varepsilon\nu,$$

これらは、置かなければならないものなのである。例えば、

$$\overset{1}{\mathrm{D}}\mathrm{onau}\overset{2}{\mathrm{d}}\mathrm{ampf}\overset{3}{\mathrm{schiff}}\mathrm{ahrts}\overset{4}{\mathrm{ge}}\mathrm{sell}\overset{5}{\mathrm{schafts}}\overset{6}{\mathrm{ka}}\mathrm{pitäne}$$

というのは音節配分だけはヘクサメタになってしまっているが、分節がなく、落第である。かといって、

Du steht! Und ich. Du bannt die Zeit. Du kreist die Welt.

Ich kreis das All! Und du, du stehst,

というほど分節してしまっていては、どれが重意味音節でアクセントがあるのかわからず、詩脚の判断ができない。あるいは、

$$\overset{1}{\mathrm{Tage}}\ \overset{2}{\mathrm{sargen}}\ \overset{3}{\mathrm{Welten}}\ \overset{4}{\mathrm{gräben}}\ \overset{5}{\mathrm{Nächte}}\ \overset{6}{\mathrm{ragen}}$$

という場合には詩脚内部に分節がなく、ヘクサメタではない。さらに、たと

えヘクサメタとして書いているものでも、例えばゲーテの

Drüber der Propst, Herr Losefund, | oder der Dechant ［Goethe 2005: 344］

という『ライネケ』第 6 歌第 107 詩行など、第 3 詩脚が 1 語で埋まってしまっており （/ Losefund /）、分節がない（こういった非ヘクサメタ行はヘルダーリンの「エーゲ海」などにも多く、V. 13, 15, 23, 32 [...] 257, 258, 271, 275 ［Hölderlin: 232, 252］と無数にある）。このような失敗は簡単にできてしまう。そうならないように、ヘクサメタが成立するように、Zäsur の遵守が必須なのである。単なる 6 脚行ならいくらでも作れる。そこでヘクサメタになるかどうかの資格の認定ラインが、Zäsur なのである。

　また、こういった例から連想的に理解できるように、詩行ではないものでも詩行に見立ててしまうことができ、では結局単なる散文と韻文の違いは何なのかということになってくる。例えばニーチェの『悦ばしき知識』の第 62 断片

Liebe. — die Liebe vergiebt | dem Geliebten | sogar die Begierde.

［Nietzsche 1973: 101］

が正確無比なヘクサメタになってしまっている。こういった偶然の詩行成立を詩行としていると、いったい詩とは何なのか、何でもって散文と区別されるのかということになってくる。韻文を単なる散文と区別するのは、同じ特徴が繰り返し現れるということである。そうなるようにするというルールである。今見ているものなら、リズム分節というルール。行末にも分節があるから、詩行は、読み続けていると、一定の周期が現れてきて、散文と違ってくる。だから韻文は Periode だと言う。つまり言葉を発し続けている間に一

定の周期が現れ続けるならそれが韻文であり詩なのであり、一定の周期が現れ続けるように言葉を発さないと詩にはならない。単なる発話を詩に昇格するためのポイントが周期なのであり、つまり特定リズムなのであり、つまりリズムの区切りなのであり、ヘクサメタならそれが Penthemimeres 等なのである。（ただ、ニーチェはヘクサメタなど知り尽くしているから、もしかしたら散文の中に韻文を忍び込ませたのかもしれないし、当時の読者もみなそれぐらい知っていたのかもしれないが。）

　以上のことを逆から言うと、詩とは何かというのはものすごく簡単な問題であり、何が詩でないかどうかの判定は即物的・定量的・計算的にできる、ということになる。そこに、あやふやな意味や価値など、無い。詩「情」は詩を成さない。

　ところで、現代でも Penthemimeres が最重要と思いこまれているが、第3詩脚内で望ましいのは本当は τομὴ κατὰ τρίτον τροχαῖον（caesura post tertium trochaeum）：

ἵπποι ταί με φέρουσιν, | ὅσον τ᾽ ἐπὶ θυμὸς ἱκάνοι,

のほうであって、ヘクサメタの本来の形はこの分節によって形成する。また、全体で最も重要なリズム分節は、Zäsur とはまた違うのだが、行末アドーニス形をつくるための第5詩脚直前の tmesis bucolica（bukolische Di(h)ärese）である。

ἵπποι ταί με φέρουσιν, ὅσον τ᾽ ἐπὶ | θυμὸς ἱκάνοι,

そういったことも述べながら、このようにばらばらにでなく統一的な視座で捉えつつ、分節点を移動させる（ホメロスに多い）„Schweres Wort(bild)“ と

いう現象等を発見し、ヘクサメタとは 1 行を 4 つのリズム単位に分けて朗唱するものだったのだと喝破した［Fränkel］などを見ると、以上のような教科書的な理解の仕方もいかがなものかということにはなる。

2-4-3　教科書に載ったフォス

本論に戻るが、ウェルギリウス『農耕詩』翻訳（第 1 歌の一部のみ）を最初に発表した『ドイツ語学術誌』1783 年上半期号、この時点から 1789 年全訳初版の時点まで変更を加えていない第 1 歌第 100 詩行（自然現象を詠んでいる）

Regnichte Sommertag' || und heitere Winter erfleht euch,

[Landbau^{DM}: 14; Landbau^{1}: 15]

だが、語脚の境界とリズム分節 Penthemimeres が重なっており、あまり続けていると愚鈍になってくると言う［Landbau^{1}: XV］。詩行リズムを気にしないならば、このようなケースに注意を払わないだろう。一方、詩行リズムに注意を払っているからフォスは、

Brauſte der Sturm; | und in Wogen erhob | ſich die Wüſte des Meeres

[Landbau^{1}: XV]

という詩行（内容は、暴風と時化）を挙げ、erhob sich という語脚に Hephthemimeres が割り込んでいる（erhob | sich）ところに注目する。詩行に規定のリズム分割であり、当然強い停止をもたらす。しっかりと息つぎをさせる。erhob sich はアンフィブラハではあるが、強く止められて長音（-hob）がしっかり伸びる。すると、erhob sich というアンフィブラハよりも、erhob

というヤンブスのほうがむしろ聴こえる。語ブロックとしては erhob sich は
アンフィブラハであらざるをえないが、詩行のルールという語外部の規定を
機能させると、erhob というヤンブスと sich という短音節に分けることがで
きてしまうのである。つまり、Hephthemimeres という韻律側の都合が、詩行
の「リズムがアンフィブラハをヤンブスに変えてくれるのである」[Landbau[1]:
XVI]。

　このようにして Zäsur をアンフィブラハ排斥のために利用しているフォ
ス、ここまでして弱いリズムを排斥しているフォスに、クロプシュトックが
反感を示すことになる。「序文」を読んだ後、1789 年 9 月 15 日ハンブルク
からの書簡中、今見たアンフィブラハをヤンブスに変えてくれるという論に
対して、いやアンフィブラハにしかならない、作詩側がそう決めたところで
読者側はついてこれない、そのようにドイツ語ヘクサメタを古典側からの見
方で歪めるのはやめてもらいたい、と言う [Briefe[2]: 210]。そうして、書簡
の往復でくりかえしている議論は非常に瑣末なものかもしれないがと、韻律
論に向けられがちな難癖に触れつつ、しかしそれは徹底的に明確にしなけれ
ばならない議論なのであると言い、直接会えれば我々の話に関して言いたい
ことが山ほどあるのですが、と言って書簡を締める [Briefe[2]: 210 f.]。

　するとフォスのほうが、17 日オイティンから出した書簡で、こちらが訪
問して話し合いたいものですと始めながら、ヘクサメタ詩行とは、詩行とい
うより、3 つのリズム単位から成るところの、1 行でもって 1「詩節」に相
当するような詩型なのであります、クロプシュトックの詩行だってそうなっ
ている、と述べて、1960 年代にフレンケルがヘクサメタ詩行とは「詩節に
も等しいもの」なのであると述べた [Fränkel: 113] ことに符号する洞察を
示す。それはともかく、実現していれば夢の会談だったはず（ゲーテ邸で
の、ヘルダー夫妻、ヴィーラント夫妻、ベッティガー（Karl August Böttiger,
1760–1835）、クネーベル（Karl Ludwig von Knebel, 1744–1834）が居合わせた

2日に渡るフォスらの会合［Briefe¹: 384–388］のように）だが、そうはなら
なかった。

　上に見たように、クロプシュトックはアンフィブラハはおろかこの語脚の
最多数連続すら、特に低く評価していない。今の書簡の2週間ほど前の便で、
「弱い語脚弱い語脚と言われますが、私からすれば、「やわらか」なのです」
と言い、アルカイオスとサッポーでも、スポンデウスと決まっている箇所に
トロヘウスを置いていたということなどを述べつつ、「ギリシャ語をいいよ
うにしか考えておられないようですが」と言う［Briefe²: 204］。

　その数日後の便で、なんと、（出版前であろう）「序文」に、「トロヘウス
とアンフィブラハはやわらかな脚である」ということ、「ドイツ語の硬い音
韻を和らげる」ということ、「頻出するのはいいことであって、ドイツ語の
印象がよくなる」ということを書きこむように指示する［Briefe²: 206］。こ
のようにあくまでドイツ語をマイルドにしたいのだが、しかし相手は聞き入
れず、上掲の引用文に見たように、弱い語脚をこき下ろし、詩行の力動的な
表現をもっぱらよしとする★⁸。

　そこまで言うと独りよがりの感もあるが、いやむしろ一般に受け入れられ
ており、ある程度スタンダードなものにもなっていた。それというのも、近
い時代には教科書に採択されるような考えだったのだから。

　以下、無作為に抽出した文献を数点見るが、どういうものでも、詩行とい
うのは多様なリズムを備えていなければならず同じ語脚をくりかえして単調
にしてはならないという基本前提を記しているが、これは、3-4以下で見て
行くが、フォスが特段強調していた事柄である。ただ、この、リズムを多様
にしなければならないという公準は、厳格派の誰であろうと、またそこに入
るわけではないクロプシュトックなどの他の古典志向者であろうと、一応み
␣なが共有しているものではある。それは古典志向云々でなく、韻文というも
の一般に求められるものだった。

1810 年代、ラインベックのドイツ語学教科書を見ると、ヘクサメタを解説している箇所、語脚は詩行中 2 回までしか連続させないものであり、特にアンフィブラハは連続させてしまいやすいものであり、詩行を「虚弱に跳ねる」調子にしてしまうとある［Reinbeck: 196 f.］。

　数年後、ロートのドイツ語学書教科書の付録として出版したグローテフェントの音律則入門書を見ると、フォスが古典ヘクサメタのリズム分節を誰よりも精確に写しておりクロプシュトックは遅れを取るとしながら［Grotefend: 116］、「脆弱な」アンフィブラハを連続させることを禁じ［Grotefend: 117］、アンフィブラハが 5 回連続する „Wenig (A)behagen (A)dem Ohre (A)die Verse (A)mit gleichem (A)Gehüpfe;“ という詩行（同じ小躍りをくりかえしていると聞き苦しくなると言っている）を挙げながら、ヘクサメタの手本としてフォスの詩行を何点も挙げている［Grotefend: 117 f.］。

　1820 年代の、ハイゼのドイツ語詩学書教科書を見ると、まず詩脚としてのアンフィブラハを説明している箇所で「全詩脚中最も脆弱で軟弱」な脚としており［Heyse: 72］、ヘクサメタを論じているくだりで、同一語脚を連続させることは好ましくなく、中でもアンフィブラハを重ねるのは「不快に跳ねる調子」にするとして、ラインベックが挙げている悪い見本［Reinbeck: 197］を挙げつつ、やはり、連続させてよいのは 2 回までだとしている［Heyse: 110］。そこに付けた脚注で、「ドイツ語は、短音節の接頭辞、冠詞、その他の無強勢の前置語が多く、またトロヘウスになっている語が多く、その結果、アンフィブラハ語脚が溢れかえってくれやがるもので、どうやって排除しようとしても、うじゃうじゃ湧いてくる始末である。まったくだらしがなく軟弱な語脚であり、フォスが明察していたように、詩情を台無しにし、音韻をよごしてしまうもので、〔後略〕」と述べている［Heyse: 110］。同じく 1820 年代、ハインジウスによるドイツ語学教科書に、「アンフィブラハ、スコリウスとも言うが、弱い脚であり〔中略〕頻出する軟弱な脚で、〔後略〕」とあ

る［Heinsius: 399 f.］。

2-5　意識の極北で

　以上見てきたように、フォスとその後の詩学が定めていたところでは、ア
ンフィブラハ語脚というのは脆弱で・柔弱で・軟弱で・虚弱で・だらしなく・
落ち着きがなく・不快な語脚である。しかし抜きん出て自然発生しやすい語
脚であり、ドイツ語の自然な音声の代表であると言える。ところでドイツ語
ヘクサメタでは同じ語脚を連続させること自体が好ましくないとされ、力強
い語脚でも、何度も重ねるのにはかなりの留保があり、こうした時に詩行が
見苦しくならないようにとフォス（と上の諸文献）は数々の方策を講じてい
る。ましてアンフィブラハとなると、使用自体好ましくない以上、連続は極
力避けたい。そして1行に5つと可能最多数連続させるケースは、いかにし
ても避けなければならない。しかし避けるのは、「自然」らしい言語から離
れていくことであり、つまりは無理強いの力業の方向へ行くことだ。であっ
てみれば、避けようする顧慮をどれほど払っているかを調べれば、自然と人
工のどちらにどれほど寄っているかの指標を得ることができると言えるだろ
う。具体的に見てみよう。

　西洋古典詩の模倣を志向するドイツ語詩において、ゲーテ、シラーを筆頭
とする自然な息づかいのヘクサメタを書いた詩人たちと、フォス、ヴォルフ、
フンボルト、シュレーゲル、プラーテンを筆頭とする規則に厳格で不自然な
響きのヘクサメタを書いた詩人たちとがあるという図式がドイツ語詩学では
慣用となっている。よく言うのが、『ライネケ』［Goethe 1988: 282–435］の
ヘクサメタが、様々な規則に拘束されない自由闊達の融通無碍な作風をして
いる、あたかも散文だ、ということである。

　確かにこの作品は、極めてのびやかに、散文と見紛う文章で書いている。
語脚はトロヘウスとアンフィブラハが際立って優勢（前章で見たように詩

脚もトロヘウスが圧倒的に優勢）。作品の冒頭からアンフィブラハを多数用いており、無作為に次の歌などを開いてみると、52 行目に、„(T)Sagte (A) dagegen: (A)„Was könnt' es (A)Euch helfen, (A)und wenn ich's (A)erzählte?"［Goethe 2005: 296］というアンフィブラハ 5 連続が見つかる（他に 6.259, 6.389, 10.287 等）。いまの詩行の内容は、寓話の動物の台詞である。作品の冒頭 50 行を抽出調査すると、74 のアンフィブラハが見られ、連続使用する行が 21 ある。

　ところでゲーテは『ライネケ』の後に厳格派に寄って行くが、最も影響を受けている『アキレス物語』第 1 歌［Goethe 1986: 793–815］では、冒頭 50 行に 52 のアンフィブラハを用いており、連続する行が 8 行ある。『ライネケ』から『アキレス』にかけて弱い語脚が減少しており、厳格派の志向と弱い語脚の排除傾向とが相関関係にあることが例証される。

　次にシラーだが、まとまった数のヘクサメタを書いている作品は、「散歩」［Schiller 1983: 308–314］という 1 作品に限られる。前章でこの作品に詩脚のトロヘウスが多数あることを見た。厳格派の作風と反対の作風である★9。そして冒頭 50 行のヘクサメタにアンフィブラハが 67 あり、連続使用が見られる行が 8 ある。近い時期の他のディスティヒョン作品には „Gönne (A)dem Knaben (A)zu spielen, (A)in wilder (A)Begierde (A)zu toben,"（*Die Geschlechter*, V. 5）［Schiller 1983: 307］という 5 連続の行すらある（ただこれはアンフィブラハの特性を意識的に生かして子供の小ぶりな身体運動を描写しているのかも知れないが）。

　ヘルダーリンも西洋古典韻文の厳格模倣派と見なされてはいない人物である。「エーゲ海」［Hölderlin: 232–239］の冒頭 50 行を見てみると、アンフィブラハが個数として 53、連続使用行が 14 ある。『ライネケ』にひけを取らず弱い律動の作品のようだ。

　ところで、1772 ～ 1775 年フォスらが結成していたゲッティンゲン詩人

サークル（Göttinger Hainbund）の一員でありフォスとの友情が長い間続いた後やがて決裂することになる Fr・シュトルベルク（1750–1819、シューベルト「水の上にて歌える」の歌詞の作者）の作風もまた、こういった厳格派の作風と一線を画していたと広く知られており、参考のために見ておく。フォスと同じく『イリアス』の全歌をドイツ語ヘクサメタに翻訳しており、冒頭 50 行［Stolberg: 11–13］を見てみると、76 ものアンフィブラハが見られ、13 行において連続使用が見られる。3 連続させる行［1.2, 1.5, 1.8 等多数］や 4 連続させる行［1.18, 1.23 等］が見られる。

　他に、アンフィブラハを断固拒絶しているのではなかったクロプシュトックの詩行などはどうか。『イエス・キリスト物語』冒頭、非ヘクサメタの第 10 詩行を除く第 1 ～ 51 行［Klopstock 2000: 1 f.］に 48 のアンフィブラハがあり、連続使用が 11 行ある。ところで、クロプシュトックは、第 1 章で見た意味主義音律則の提唱者でありながら、その準則にのっとっていない部分を大量に残している。例えば „Weihe sie, Geist Schöpfer, vor dem ich hier still anbete,“［Klopstock 2000: 1］など、どうやって読むのかすらわからない。この行は、音律則であろうとアクセント主義であろうとゲスナー式であろうと、およそいかなる音節原理で見ようと、ひとかけらもヘクサメタでない。

　次に古典厳格模倣派だが、最も頻繁に言及し意識しているヘクサメタがホメロスであるが、『イリアス』の冒頭 50 行、アンフィブラハ語脚はわずか 6 しかない。ただしドイツ語とギリシャ語の特徴が異なる。前者と違って後者では生じにくいのかもしれない。それなら、少ないのもある程度は当然かもしれず、6 という数は、弱い語脚を特に避けている結果のものとは言い難いのかもしれない。いずれにせよ 6 というのは理想値だと見ておけばよいのではないか。アンフィブラハが生じにくいまたは避けやすいらしい言語を、アンフィブラハで溢れ返る言語でどれだけ模すか。

　前章と同じくヴォルフは『オデュッセイア』翻訳から抽出するが、冒頭

50 行［Wolf 1820: 137–140］にアンフィブラハが 36 あり、うち 3 行において連続使用している。上で挙げたどの例よりも少ない。『ライネケ』などに比べると、個数は半分、連続使用はわずか 7 分の 1 である。

　次にプラーテン。「カプリ島の漁師」の冒頭 50 行［Platen 1910(4): 139 f.］に置いてしまっているアンフィブラハが 28、連続する行が 5。また一段と少ない。

　シュレーゲルは本章でも「ガンガー女神」。作者自身が、「ヘクサメタに関しては極力配慮して書いており、可能な限り、古典韻律学とドイツ語音律則の規則にのっとって書いている」［Schlegel 1846(3): 19］と述べている作品である。第 1 歌の冒頭 50 行［Schlegel 1846(3): 29 f.］には 33 のアンフィブラハ、連続する行が 5。やはり、ゲーテ・シラー・ヘルダーリンなどより有意に少なく、脆弱な調子を抑えようとしているのが見て取れる。

　フンボルトもまた厳格派の 1 人とされている。ルクレティウス『事物本性論』抄訳ならびにアラトス『天界現象』抄訳の冒頭 6 行［Humboldt 1909: 262, 267–269］の計 50 行を見ると、55 のアンフィブラハを用いており、連続させている行が 10 ある。ヘルダーリンに近い値ではある。

　さてフォスを検討しよう。最初期のヘクサメタとして、ヴィーラント刊『ドイツのメルクリウス』1779 年 2 月号に掲載した『オデュッセイア』第 14 歌翻訳。冒頭 50 行［Odyssee^{TM}: 97–99］に 56 のアンフィブラハがあり、連続使用をしている行が 8 ある（第 20 詩行で 3 連続）。フンボルトと『アキレス』の値に近い。しかし上に見たアンフィブラハ禁を発布するのはこの 10 年後以降のことである。そこで、「序文」と『時量計測』の中間の時期に出ている『ルイーゼの結婚』初版を見てみると、その冒頭 50 行［Luise[1]: 7–12］に見つかるアンフィブラハがわずか 23 であり、連続させている箇所がただの1つもない。本章で再三述べてきたことを思い出すと、いかに意識して語脚を選び抜いているかがわかるだろう。念のために、晩年に出版した作品を見

よう。1821 年出版「全面改訂第 5 版」の『イリアス』翻訳を見ると、冒頭
50 行［Ilias[5]: 13–15］にあるアンフィブラハが 32、その連続使用行がたった
1̇。これがどれだけのことか、わかるだろうか。自作の『ルイーゼ』と違っ
て、翻訳である。しかも、自由に訳しているのではない。各行が原文の各行
に対応するようにしており、使用する語も文の組み立て方も可能な限り原文
をなぞるようにしている。邦訳にあるような、ただ行と行を合わせるように
しているだけのものとは違う。そういった縛りがある上で、アンフィブラハ
が生じやすい言語で、アンフィブラハが生じやすい詩行を書いている。にも
かかわらず、この少なさである。ホメロス翻訳と言えば上でヴォルフの詩行
を見たが、ヴォルフの詩行よりもなお少ない。ギリシャ語側の理想値に最も
近い。1 桁数ということはさすがにないが、それはアンフィブラハ言語では
仕方がないだろう。それでも、それだからこそ、連続使用は極限まで避けて
おり、弱いほうに崩れないような調子を死守している。意識を張りめぐらし
ているわけだ。しかもヴォルフの仕事は 100 行の翻訳であり、フォスはホメ
ロス 2 万 7803 行を全訳しているのである。それなのにもかかわらず、フォ
スのほうがヴォルフよりもアンフィブラハの割合が低いのだ（ただ 1-6-1 で
述べたようにヴォルフのほうにも相当の縛りがあるが）。

　第 1 章で、音節単位に焦点を定めて、フォスが属しているクロプシュトッ
ク圏域を研究した。ここではフォスの独自性がまだよく見えていなかった。
第 3 章で詩行単位に進む前に、本章で、音節と詩行の中間といえる語脚とい
う単位を研究した。クロプシュトックの理論を継承しつつもそこから相違し
ているフォスを見た。第 1 章ではクロプシュトックから決定的な距離を取っ
ておらず、この巨星の陰にまだ居た。圏域で公転する厳格模倣詩人らに対し
て、意味主義音律則を共有しながらも、トロヘウス詩脚混入を独特の方策で
もって許容するという、微妙に異なる軌道に居たにすぎない。本章で見た語

脚においてフォスは独自の色を放射しはじめる。強さと力を詩行に求めるという一種怪異な光を。ヘクサメタ代表作品の冒頭 50 行抽出という標本比較調査から、この人が執念をもって弱い音韻律動を排除していることがわかった。推定史上最多のヘクサメタ詩行を書いており、アンフィブラハの個数自体は削減しきれるものではない。しかし詩行を軟化させる厄介なケースたる連続使用は可能な限り回避している。一見無味乾燥した 2-5 がこれを明らかにした。数字が如実に語っている。この人は、研究史上漠然とひとくくりにされてきた人々の中にあって、弱さ柔らかさ脆さ緩さを弾圧するという力の詩行を実現していたのである。数字が如実に語っている。他の人々よりも圧倒的に多数の詩行を書く間、気を緩めると次から次に自然発生するだらけた軟弱さを廃絶し続けていたという類まれな詩作を。

　自然派の詩行に比して厳格派の詩行がアンフィブラハの律動をどちらかというと相対的に締め出していることを本章は明らかにし、19 世紀ドイツ語詩上言語実験の光景を観察した。その中に、絶対的と言えるほどに締め出としていた詩人がいたことをも観察した。では、この詩人そのものに、次章より向かおう。

★1　この作品は版によって各歌の行数が異なる。ここに記した行数は、いわゆるハンブルク版、1974 年から出版している歴史的批判版のものである。なお同版の第 20 歌 1187 行がヘクサメタでなく、それを引いた数字で言うと、『イエス・キリスト物語』は 1 万 8271 行のヘクサメタ詩行である（1–2）。

★2　との宣言は、13 年前に、『イエス・キリスト物語』第 2 巻 [Klopstock: 1756] に付した序文論考「ギリシャ語の音節規則をドイツ語で模倣する方法」の 2 頁目で下している宣言、すなわち、「古典語の音節原理を模倣していけば、特に叙事詩の分野だと、他の詩型の追随を許さないようなレベルの作品が作れるようになる」という宣言よりも、さらに進取果敢である。なお今は当序文から「2 頁目」などと言って引用したが、実は頁番号をまったく付していない（本文の『イエス・キリスト物語』から頁が始まる）から、引用には適さない。3–1 で、この序文と同じ内容の論考を参照する際に、[Klopstock 1855a] を参照している。

★3　挙げている数字は原文にはなく、引用者が数えている。第 2 論考ではギリシャ語の語脚を 17、ドイツ語語脚を 22 挙げている [Klopstock 1779a: 4]。ところでホメロスの詩行を一瞥すれば、クロプシュトックがこれがギリシャ語の語脚の全てであるとして挙げている語脚型のどの型にも当てはまらない例えば „μεταφρασόμεσθα“ (*Ilias*, 1.140) のような型がすぐに見つかるのだが。

★4　おそらく „Zeitverhalt“ という表現はクロプシュトックの Zeitausdruck と Tonverhalt のセットを意識している。クロプシュトックの考えでは詩行の時間量つまりテンポは語アクセントに大きく影響される。フォスが語アクセントから音節の時間量を切り離すのは、そういった考えに対する挑戦であるかもしれない。

★5　同じ見解が、1789 年 8 月 17 日に Eutin よりクロプシュトックに宛てた書簡においても見られる。ギリシャ語のアンフィブラハを例に取り、ἐμὸν δὲ の -μὸν が「律動上の」長めの発音を獲得すると述べている [Briefe[2]: 203]。なお、注意が必要だが、アンフィブラハとトロヘウスが弱い響きだというのは、ネイティブにしかわからない感覚というものでもない。というより、わかるのかわからないのかというのもよくわからないだろう。アンケートでも取れば、現代のこの言語の話者にフォスらの評言はどう聞こえるものだろうか。フォスはもとよりあらゆる詩人や詩論が音調を男・女の形容詞であらわすが、これは、ルールに関す

るたんなる慣用でもある。というのは、詩行末または一定リズムの切れ目がアクセント音節（ヘーブング）という場合にこれを男 männlich といい、弱音（ゼンクング）ならこれを女 weiblich というのである。単なる分類名称であって、ネジやプラグにオスとメスがあるのと同じようなことだ。現に他にも stumpf・klingend 等々色々な呼び方があって、要するに分類ということをしたいだけのものなのである。語彙やリズムが強音でガツンといさぎよく終っている（empfand!）のが男らしく響くとか、弱音でやんわり終わって余韻を残す（aber...）のが女性的だという感じ方は、単なるルールや約束の言葉遣いをしているだけという面がある。しかし同時にまた、（ネイティブでなくても、）本当に強音カデンツの語はきつく聞こえ、弱音カデンツの語はやわらいで聞こえるだろう。単なる名称の大元にはもちろん性差感情があるだろう。話は単純ではない。

★6 「元になる」であり、初版と再版の関係にはないようだ。『時量計測』増補第 2 版に収録した時点では、元になった「序文」に見当たらない記述をいくつか追加している。例えば、「序文」で、ヘクサメタ第 4 詩脚第 2 音節後の分節 incisio (caesura) post quartum trochaeum（3–2）が古典で禁じられていたことを述べ、滅多にみつからないケースだから例示するためにテレンティアヌス・マウルスなどわざわざ 1 行作っていると言って、「韻律論」第 1701 詩行（quae pax longa remiserat, arma | novare parabant:）を挙げている［Landbau1, XIX］。この禁則はヘルマン［Hermann 1805, 692 ff.］が発見したことに一応なっているが、それに先んじている。同じ文章が増補第 2 版のほうにもあるが、直後で、エンニウスが禁則を犯してしまっている『年代記』第 1 巻第 40 詩行 corde capessere; semita nulla | pedem stabilitat.“を挙げて、テレンティアヌスにはこれも指摘してほしかったと述べている［ÜH: 193］が、これは増補第 2 版側の付け足しである。フォスの死後の出版物である以上、本人が付け足したものではない可能性がある。もしそうなら、息子、編者のアブラハムか、それよりもまずハインリヒであろう。そうだったなら、父に劣らず活躍していたハインリヒを少しでも知る上で重要な箇所となる。（それにしても、どちらも、なぜ、ポピュラーなホラティウス『詩論』の第 263 詩行の „inmodulata | poemata“ を挙げないのだろうか？）

★7 どういった詩行のことを言っているのかは不明だが、本当にこういうものはあ

る。非常に有名な話だと、ゲーテが、ヘクサメタ牧歌詩『ヘルマンとドロテア
が出会う』第 2 歌第 186 詩行で

Úngerecht bléiben die Mánner, únd die Zéiten der Líebe vergéhen.

[Goethe 2005: 452]

と 7 詩脚を作ってしまっている（ゲーテは他に *Er und sein Name* の 8 行目など
も 7 詩脚になっている）。この行を指摘したのは『教養人（階級）が読む朝刊』
1808 年 5 月 23 日（月）123 号 [Morgenblatt: 489] であるが、後に Fr・W・リー
マー（1774-1845）が顛末を伝えている [Riemer: 586 Anm.]。ゲーテは最終版で
もわざと訂正しなかった。確かにヴォルフなどもこの行に言及しながら、ホメ
ロスにもへんな行がある（非常に有名）ことだし、こういうのも構わない、と
言っていたものだ。後にフォスの子息のハインリヒが本人に指摘したところ、
「これでは七足動物ですね。いい機会ですので変更しないでおいてください〔die
siebenfüßige Bestie möge als Wahrzeichen stehen bleiben〕」との答えが返ってきた
という。韻律論上知られ渡った発言であり、ゲーテ→ハインリヒ→リーマーと
いう伝聞の伝聞なのだが、七足動物というスローガン的な響きでもってか愛好
されている。なおハインリヒはゲーテを第 2 の父とまで慕っており [Grumach,
Ernst / Grumach: 609]、上記牧歌詩のヘクサメタ添削を担当しており、原稿を
渡されて自由に修正してくれてよいと言ってもらっている [Grumach, Ernst /
Grumach: 609 f.]。それもハインリヒの報告だが。

★8　書簡数年後に出版する『時量計測』でも、„Fernher ſcholls; und gewapnet erhub |
ſich der edle Gebieter"（戦場の光景）というアンフィブラハ連続（(A)erhub sich (A)
der edle (A)Gebieter）を可だとしている [ZM: 166]。「序文」中の Brauste der Sturm; […]
とまったく同じ議論であり、考えを一切撤回していないことがわかる。

★9　だが「散歩」は注意すべき作品である。よく知られた事実として、97 ～ 98
行目が、H・ベルのショートストーリー「旅人よ、汝スパ…にいたりな
ば〔*Wanderer, kommst du nach Spa ...*〕」の題の元になった „„Wanderer, kommst
du nach Sparta, verkündige dorten, du habest / „Uns hier liegen gesehn, wie das

Gesetz es befahl."" [Schiller 1983: 311] という文、すなわちヘロドトス『歴史』第 7 巻第 228 章が伝えている「テルモピュライの戦い」の碑文 „ὦ ξεῖν’, ἀγγέλλειν Λακεδαιμονίοις ὅτι τῇδε / κείμεθα τοῖς κείνων ῥήμασι πειθόμενοι." を（原文と同じディスティヒョンで）訳した文であるが、韻律論上有名な話もあって、141 行目に „Freiheit ruft die Vernunft, Freiheit die wilde Begierde," [Schiller 1983: 312] という滑奏スポンデウス（3-3 以降に見る）状のものが見られる。「知性には制限を設けてはならないが、下世話な方面もまた際限を知らないものだ」と書いてある。たしかにこれを滑奏スポンデウスの例とする論 [Heusler 1917: 94; Kelletat: 76] があるが、シラーは滑奏スポンデウスの技法を極力使わず、その点で誰より厳格派から距離を置いている（滑奏スポンデウスは、『ライネケ』であれ、ギュンダーローデであれメーリケであれ、どのような作風であれ、古典志向詩を書くときには、結構な頻度で使う）。全作品中の全滑奏スポンデウス使用数がたったの 10 というシラー [Heusler 1917: 94] が、-heit というほとんど副意味音節の主意味音節をヘーブングに置くことになってしまう滑奏スポンデウス（であろうもの）を書いているのである。このようなものは厳格派詩人らにあっても相当に珍しい（-heit が音量があるからヘーブングに置くことができているなどという、当時の文脈も現在の文脈も完全に無視した見当外れな指摘がある [Wagenknecht: 103] が、文学研究がいかに書き手個人の恣意に任せられたものかということの証左となっている）。なぜそのようなリゴリズムの極みを示すのか。ブルドルフによると、Freiheit では音が歪んでいるとも言えるのだが、1 つめの Freiheit が理性の求める正しい自由なのに対してこちらは欲が求めるような間違った自由でありそれを歪んだ音調で表現しているのである、とも取れるし、いや逆に肯定的に見てよく、このような処置は均衡強音（schwebende Betonung）と言うがそれは強調のためのものであってここでは自由を強調しているのだ、とも取れる [Burdorf: 93]。ミノールも同じ語を使っていて、Frei- は高く、-heit は強く読むとしている [Minor 1902: 117 f.]。なお、この作品は他の箇所（V. 17, 75, 113(?)）にも滑奏スポンデウスがあるが、今見ている箇所同様にその意図を解釈しなければならないだろう。滑奏スポンデウスをふつう使わない人が使っている箇所なのだから。だが、シラーのことだから、滑奏スポンデウスにふけ

る同時代人たちへのイロニーなのではないのかと解釈したほうが手っ取り早い
かもしれない。

第3章
オリジナルを超える

3-1 男たちの王国

　生前から今日まで、主な古典詩人らの作品を韻律ごとドイツ語に翻訳して名声を博してきたフォスのテキストとして、翻訳の他に『ルイーゼの結婚』と『ドイツ語時量計測〔*Zeitmessung der deutschen Sprache*〕』を主に参照する。オーデも名高いが、それよりも、「少なくとも約 7 万行の〔ドイツ語〕を書いて出版している」[Schlegel 1828: 157] 以上、何を措いてもまずはヘクサメタの詩作者であった。

　古典ヘクサメタの模倣自体は 14 世紀前半の中高ドイツ語以来試みていたが、どれも単発的なものであり（1-3 参照）、体系的な音節理論による本格的な模倣は、クロプシュトックが開始する [Vilmar / Grein: 182]。大作叙事詩『イエス・キリスト物語』でドイツ語ヘクサメタの（かなり問題の多い）範型を提示したことになっており、同作第 2 巻の序文中で、古典語の模倣を通じてドイツ語詩が未曾有の水準に達すると宣言している [Klopstock 1855a: 2]。その模倣のためには、ドイツ語が「悠揚迫らざる男性的な」音声をしていること、「堂々とした強度で発音するものである」[Klopstock 1855a: 3] こと、「野暮ったい音声だというのは発音がへたなだけかただのウワサにすぎない」[Klopstock 1855a: 4] ということを承知する。こういった「朗々とした大らかな」発音を「もってしてホメロス韻文の音韻を模倣するのである」[Klopstock 1855a: 5]。他の印欧語族言語のフランス語やイタリア語や英語に

はまねのできない特性である［Klopstock 1855a: 4］。つまり、古典語の模倣とは、ないものを輸入しコピーすることではなくて、ドイツ語が元々備えている特性を発揮することであり、己に徹することが異質なものを取り入れることになるという逆説が、ここでの模倣の真意のようである。しかもその様相が、力や強さや男性性といったものだ。そういった理論と実践に続いた後の世代が、古典の音調を再現するために努力を傾注していた。

　一般にフォスは、そういった過去の時代に限定された模倣者と理解されてきた傾向がある。だが実際にはやはり、模倣を、ドイツ語詩の表現力を向上させる手段と捉えていた［ZM: 259; Briefe³: 250］。19世紀後半から否定的な評価が定まっていくが、20世紀の間に何度か再評価もされている。古典的なものとして、例えば、誤情報も多い（第1章★11）が1960年代のケレタートによる教養誌上での解説がある。他に1970年代に、ヘンツェルがホメロス翻訳を「言語創造的業績」として詳細に研究、翻訳に際して考案していた様々な文体を解き明かしている。とはいえ、さらに詩行リズムという意味での文体においても創造的な業績を残していたことが、いまだに明らかにされていないようである。

　2008年から「新しい古典古代〔*Transformationen der Antike*〕」叢書の刊行が始まる。そのうちの何点かを序論と1-7で見ているが、例えば2014年刊行巻でJ・G・B・ドロイゼン（1808–1884）のアリストファネス翻訳を研究しており、この人が『時量計測』を知っていたこと［Kitzbichler: 114］、スポンデウスの作り方がフォス方式によるものであること［Kitzbichler: 114］、フォスの翻訳合成語を利用しながらこれを「随所でパロディーすら」していること［Kitzbichler: 118］を述べており、当時のフォスの影響力の一端を例証している。

　2016年の叢書の1巻、古典翻訳業研究の論集で、シュミッツァーの論稿が、A・v・ローデ（August von Rode, 1751–1837）のオウィディウス『変

身物語』の散文翻訳を取り上げ、フォスのヘクサメタ翻訳と比較している
[Schmitzer: 171–181, bes. 178–180]。ローデがメインだが、フォスの詩行も評
価しつつ、「いずれにせよ『変身物語』翻訳ではホメロス翻訳の仕事はでき
ていない。後者ではホメロス特有の言い回しを移し変えるなどして叙事詩ド
イツ語を確立していた。とはいえ、ホメロスの文学的言語だろうと『変身物
語』の科学的言語だろうとどちらでも料理して見せるというところは示して
いる」[Schmitzer: 180]としている。フォスの訳業として言及されることが
まずない『変身物語』を取り上げていることが功績であるが、翻訳に関する
議論に尽きるものであって、韻律に関して何か新しい知見はというと、述べ
ていない。とはいえ、フォスが独特の新しいドイツ語を創り上げていく上で
材料を汲み出したのがホメロスであると述べている所に注意したい。これは
ヘンツェルが詳細に分析していたことである。本章でもまさに、ホメロスか
ら方法を汲み出すフォスを描く。

　2015 年には 1 巻まるごとがフォスに割り当たっている。その論集『フォ
スの翻訳言語』でコルテンが、ケレタート以来おそらく初めてか、『時量計
測』のテキストに向かった。美観とはほど遠い原書の番号も付していない
9 の章の要点を簡単にまとめるという整理作業をしている［Korten: 34–36］。
語脚の詳細な分類を一目瞭然の表［Korten: 43–47］にまとめているのを見る
と、アンフィブラハとトロヘウスを除いて、自身が挙げる 40 近い語脚すべ
てをフォスが、激烈で・強靭で・荘重で・重厚で・迅速で・快活で、とにか
く「力」みなぎるものと定義していることがわかる。本章の論述に関わる事
柄である。また、古典模倣の方法を論じている枝葉末節な技術論と決めつけ
られてきたこの本を、本当は激情の直截的・音楽的表現を追求している本だ
と結論付けている［Korten: 47］。

　その実作だが、参照するものとして、1) 古典詩行を韻律ごと翻訳したもの、
2) 古典韻律で書いた作品、3) 古典詩行の形式を模した試作、といった種別

があり、どれからもサンプル抽出をしている。1）は、言うまでもなく、元
になる古典語韻文を韻律ごと翻訳したものであり、原典と、その内容・形式
を模したドイツ語、の2つが当然存在することになる。いままでに見てきた
古典翻訳たちもこれである。第2章★9で見たシラーのケースのようなもの
もある。もちろん、韻律ごと翻訳したものではない作品もあって、例えばホ
メロスの翻訳には、ビュルガーのヤンブス訳は言うに及ばず、散文はもちろ
んのこと、実にシュタンツェまであり、さらにアレクサンドリーナ韻律、何
とニーベルンゲン詩節すらある［Schroeter: 18］。シュレーターが15世紀末
から19世紀のホメロス訳を70以上挙げ［Schroeter: 12–19］ながら、「これ
で全部というわけではないが」［Schroeter: 12］と言っている。2）は、後に
詩行を見ていく『ルイーゼ』、2-5で見た『イエス・キリスト物語』、1-2や
第1章★3で挙げている諸作品、1-6-1と2-5で見た「ガンガー女神」や『ア
キレス物語』第1歌、1-6-2で見たボーテの詩行、等々である。序論で見た
詩行もこのケースだが、そちらはオーデであってヘクサメタではない。3）は、
論述を例証する上で試作した1行〜数行というものであり、元になる原文は、
存在している場合もいない場合もある。1-3と第1章★5で見た詩行のこと
である。以下の論述から挙げると、**[V1]** が原文などなく、**[V4]** が原文の形
式のみを模しており、**[V6][V8][V14][V15][V16]** が原文の内容と形式を模し
ている。

3-2　caesura post quartum trochaeum

　『時量計測』にいくつか記しているヘクサメタの見本の1つに、次のもの
がある［ZM, 144］。

[V1] Sei der Geſang vieltönig im wechſelnden Tanz der Empfindung

書いてあることは、詩行というのは内容に合わせて多様なリズムにしなけれ
ばならないということだ［ZM: 160 f.］が、本当にそれだけのことを述べて
いるのだろうか。フォスと似た古典厳格模倣4拍子のヘクサメタを作るシュ
レーゲルなど、音が硬くならないようにする人で［Schlegel 1820(1823): 43;
Schlegel 1846(10): 189］、3-4-1 に見るが、フォスの詩行に見られる硬い音調
を指摘している［Schlegel 1846(10): 179 f.］。そうして、例えば、古典語ヘク
サメタでは置いてはならなかった第4詩脚第2音節後分節（第2章★6）を
置くことについて、置けば調子が「なごやか」になると肯定的に見ている
［Schlegel 1820(1823): 45 f.］。例えば、これまでにもサンプル抽出した「ガン
ガー女神」の冒頭 50 行［Schlegel 1846(3): 29 f.］を見ると、6行で置いてい
る（V. 3, 8, 21, 33, 45, 46）。やはり擬古調のヘクサメタを作ると言われてい
るプラーテンなら、「カプリ島の漁師」の冒頭 50 行［Platen 1910(4): 139 f.］に、
その倍ほど、積極的と言えるぐらい置いている（V. 6, 7, 15, 18, 37, 40, 41, 45,
46, 47, 48, 49）。フォスはというと、『ルイーゼの結婚』の初版を見ると、冒
頭 50 行［Luise^1: 7–12］中 7 行で置いている（V. 7, 24, 26, 27, 34, 35, 50）が、
後年の第2版冒頭 50 行［Luise^2: 5］だと 5 例（V. 16, 18, 30, 39, 40）まで減っ
ており、最晩年のヘクサメタが見られる 1821 年出版「全面改訂第5版」の『イ
リアス』翻訳を見ると、冒頭 50 行［Ilias^5: 13–15］に 3 例しかみつからない（V.
41, 44, 46）。こういった詩行は、シュレーゲルの言にしたがえば、なごやか
な音調ではないことになる。

　では [V1] もそうなのだろうか。多様なリズムを求める [V1] が言うその多
様さとは、どういうものなのだろうか。それは柔和な調子もまた意味すると
ころの多様さなのだろうか、そうではないのだろうか。

3-3 音と暴力

3-3-1 ニーチェの韻律論

[V1] に víeltönig という語があるが、図を見てもらえばわかるように、高音の長音節 viel- を詩脚の後半（テシス）に置いていて、低音の長音節 -tön- を前半（アルシス）に置いている。

アルシスとテシスというのは、遠くはアリストテレスまたは偽アリストテレスの『問題集』5. 41 で述べる足の上げ下げ（ἄρσις, θέσις）に由来する語であり、舞踊の描写を経て音楽用語になったという［Greene: 86］。（ただ、後世の詩学 – 音楽に直接関わっているのは門下生のアリストクセノスによるアルシス／テシスであるが。）もともとが足の上げ（τὸ ἆραι）下げ（τὸ θεῖναι）という身体動作である。本書が見ている詩作の根底にあるリズムというものは、静的な観照ではない。

別の説明では、ギリシャ語の時点では、舞踊の足の上げ下げ、または拍子取りの手の上げ下げを意味しており、アルシスは軽い拍子、テシスは重い拍子だったが、後期ラテン語の時点でこれが声を高めることと下ろすことという逆の意味になり、その意味のままに近代に R・ベントレー（Richard Bentley, 1662–1742）や G・ヘルマン（1772–1848）が韻律論に導入した［Habermann / Mohr: 623］。ヘルマンの文言は 1–5 に引用している。この説明では何が逆になっているのかよくわからないが、確かに、韻律の、アルシスがヘーブングで強勢側、テシスがゼンクングで非強勢側という体系では、意味が逆になっている。元はテシスのほうが力がこもっていた。重いのはテシスだった。

ニーチェによると、逆になったのはラテン語時点ではなくて、ビザンチン音楽の教科書になっていた「後期」ギリシャ語の韻律本の時点だという［Nietzsche 1993: 102］。カエサレアのプリスキアヌスがピッチアクセントの高・低をアルシス・テシスと呼んでいたという［Nietzsche 1993: 103］。言語

の説明にまで使われていた幅広い用語だ。いずれにせよ、韻律に関して言えば、アルシスでは音を上げ、テシスでは音を下げると考える。

　そうすると、今のケースだと、高音または強音（↑）を有する viel- が下げられ（↓）、低音または弱音（↓）の -tön- が上げられる（↑）ことになる。なぜこのようなことをするのかというと、語本来の音の高低（víeltön-）を韻律上の音の高低（vieltön-）で押し潰してなめらかにしたいからであり、そうして古典を模すことになるからである。古典では長長は単なる長長であって高低と関係しない。ἰφθίμους・οἰωνοῖσί（*Il.*1.3,5）の ἰφθί- は低・高だし、οἰων- は低低のようなものだ。ところが、ドイツ語でスポンデウスを得ようとすると、長長＝高低になりやすい。特に、第1章で見たアクセント主義のように、強勢音節をアルシスに置く（/ Hándschuh /）（/ víeltön- /）ことしかできなければ、まずそうなる。強弱強弱強弱……とドイツ語に自然な抑揚を考えなく綴っていれば陥ってしまう調子（2-4-1）、これを避けて古典に近付くには、ひとひねりの何か、人為的な作為が必要だ。

　それが今見ている処置である。つまり、víeltön-（↑↓）という自言語の音声を、vieltön-（↓↑）という、ἄρσις, θέσις という他言語の韻律ルールでもって矯正する、あるいは加工するのである。言語改造だ。こうして、長長／高低の音節（↑↓）が、音の滑らかなスポンデウス（→→）に転じることになる。

3-3-2　膨張性重力

　これは、クロプシュトックが „ Múnd, ántwortet “（上に 1 と →2→）[Klopstock 1794: 269] 等といった形で早くから示していたものであり、数々の人々が使ってきたものだが、『時量計測』中で「滑奏スポンデウス〔geschleifter Spondeus〕★¹」と命名した [Heusler 1917: 60, 74; Kelletat: 69] ものが定着している。しかし、古典模倣のための手段にとどまっていない。それどころか、古典が目的なのではないようだ。

滑奏スポンデウスというとスポンデウス詩脚のことと思われているが、よ
く見ると vieltön- は詩脚をまたがっており、語脚である。詩脚なのは -sang
viel- の部分だ。では古典のスポンデウス詩脚の模倣になっていないのだろ
うか。いや、そういう問題ではない。ここで重要なのは、古典詩脚の形態模
写ではなく、vieltön- のほうなのである。滑奏スポンデウスというと、それ
を言い出した直後の文章が必ず引用されるが、理解されている気配がない。
どう言っているかというと、「弱いほうの長音節」が「リズムの衝突により」「強
化され」、「もともと強い長音節」が「暴力で〔mit Gewalt〕」テシスに「抑え
られ」て「いわば膨張する」ことによって滑奏スポンデウスの「力が増大する」
[ZM, 130] と言っている。強化される弱い音節というのは、-sang vieltön- の
中では、どう見ても -tön- のことであり、抑圧によって膨れ上がるのは viel-
である。-sang は単にルール上のヘーブング音節であるにすぎない。この 3
音節で意味があるのは vieltön- だ。その意味とは力の増幅だ。

[V2] Düstere Stúrmnacht zóg, und gráunvoll wogte das Meer auf
[V3] Düsterer zóg Stúrm n a c h t, gráun v o l l ríngs w o g te das Meer auf

という詩行を見よう [ZM: 248]。夜になって風雨が吹き荒れ高波が発生する
と言っている。通常のスポンデウスしか用いていない [V2] は、何の作為あ
るいは技術（[K]unst）も用いておらず、何の変哲も工夫もない、言語芸術
の名に値しないものである [ZM: 248]。ただ実際は、本当に何の作為もなく
ヘクサメタを作っているとトロヘウスだらけになるところ（2–4–1 参照）な
のであって、それを避けてスポンデウスのみにしている [V2] もすでに作為
的であり、母語らしくない詩行になっているはずだ。しかしさらに上に行く。
　[V3] では、滑奏スポンデウスを、ただでさえ無理やりで不自然な音を出
すものを、なんと重ねて用いているのである。もはや人工言語であろう。し

かし韻文とはこういうものだ。詩的技巧という人工的技術（Kunst）でもっ
て品種改良し等級を上げてやらなければならない（veredel[n]）ものである
[ZM: 248]（1-4 参照）。と言った直後にフォスは、ウェルギリウスが巨人キュ
クロプスの「物凄い〔mächtig[]〕」動作を描いた異常なヘクサメタを引用し
て一言述べている［ZM: 248]。なるほど、韻文を人工的に改造しよう云々
というくだり（„die durch Kunſt veredelte Natur"）[ZM: 248] は、いかにも意
味ありげで、注目されやすい [Behrmann: 921; Häntzschel: 71; Heusler 1917:
74]。読者の心をくすぐるキャッチーな文面は気に入られ引用され後世に
残っていく。だが著者の内心が現れるのはそことは限らない。テキストをよ
く見ると、**[V3]** は強力な表現を特に意識していることがわかる。現に、**[V3]**
では、太字で示したように高長音節がテシスで膨張し、隔字で示したように
低長音節がアルシスで強化している。

　今一度前節の **[V1]** を一度見たい。滑奏スポンデウスで表現している語は、
「多調的〔vieltönig〕」である。リズムを多様にせよという文言を、りきみ返っ
た音調で表現しているわけだ。明らかにフォスの文章は戦略的である。思
えば『時量計測』という書名からして、無味乾燥していながら、しかし内
容が穏当なものではなく、目指す芸術は熾烈である。価値中立的な言い方を
しているからといって内心までそうとは限らない。„die durch Kunſt veredelte
Natur" などという言い方は、思想方面とも折り合いがよさそうで、いかに
もキャッチーである。引用しただけで、すでに何かを言った気にはなれる。
それゆえに、空虚かもしれない（名言や寸言はすべからくそうだ）。そう
いった表面上のことにとらわれていては、テキストの真意を読みそこねるだ
ろう。

　滑奏スポンデウスというのは、例外的な肯定的評価 [Steckner: 83] を除け
ば、ドイツ語の発音を歪める無理強い行為だという批判が寄せられるのが通
例である [Kayser: 60; Staiger: 124; u.a.m.] が、力の増幅という真意を感知し

ている論は見当たらない。なるほど確かに、テキストでは、滑奏スポンデウ
スの「弱いほうの長音節」が「上昇」という増強を「強要」されるとまで述
べている［ZM: 248］。無理強いだと言うならこの人にはわかっている。わ
かった上でしていることは、後世の外野からいまさら評言を下してもらうよ
うなことではない。わかった上でしていることである以上、なぜそのような
ことをしているのかという真意を探索するのが研究者のすることだろう。こ
ういった非難をそもそもこの人はしっかり意識しており、例えばウェルギリ
ウスの表現法に反感を持つ人が当時からいて、そういった「自然愛好家」た
ちが、力の抜けた表現に変えてしまうという改ざんを試みていたと言ってい
る［ZM: 248］。なおそういった文言の後のほうで、「狂乱は力ではない」［ZM:
249］と述べている点がおもしろい。そう、弛緩し脱力した調子、屈託なく
くつろいだ日常というものはもちろんのこと、さらに、叫んだり泣いたり怒
鳴ったりといったヒステリックな挙動、発作や錯乱、衝動や騒乱、陶酔や有
頂天、突発的な争闘や一過的な激情などといったものにも、力などないので
ある。そういったものが感情的で抒情詩的なら、蓄えた力に満ちあふれ悠然
と剛毅でいるさまが叙事詩的だと言える。力とは、「暴力で」抑圧されて膨
張し、力づくで引き出されるものである。フォスが求めているのは、自然体
ではたどり着くことはおろか近付くこともできないような未曾有の力の充溢
である。そしてそのためになお足りぬとばかりに燃料を注ぐ。

　つまり、[V3] であっても、まだ足りないのである。まだやり過ぎていない。
それどころか、ウェルギリウスの

[georg.3.200] dánt síl v a e lón g i q' úr g e n t ád litora fluctus;
[georg.4.174] ill' ín t e r sé s e mág n a ví bracchia tollunt

という 2 詩行を模倣して、滑奏スポンデウスを、単に連続させるのでなく、

．．．．．
可能最多数連続させる

[V4] Als ¹rings her ²pech ſchwarz ³auf ſtieg ⁴graun dro h ende ⁵Sturmnacht

という詩行を提示している［ZM: 132］。**[*georg*.3.200]** が壮大な自然現象、**[*georg*.4.174]** が 鍛冶場のキュクロプスの巨腕、**[V4]** が黒夜の嵐の脅威を詠んでいる。

前２者は『農耕詩』の中の詩行（出典が記されていないが）であり、フォスの翻訳もあるから、いまそれを見ると、第２版までは２行とも特に重い詩行に訳してはいないのだが、**[*georg*.4.174]** の magna vi を初版では „mit groſser Kraft“（1-6）と直訳していたところ第２版では „mit Kraft und Gewalt“ という二詞一意に訳している［Landbau¹: 187, 263; Landbau²: 232, 279］。改訂に際して „Gewalt“（暴力）という語を出して来ている。たしかに **[*georg*.4.174]** では、**[*georg*.3.200]** で詠まれる自然の力とは異質な力である肉体の力、肉感的で暴力的なイメージを詠んでいる。

次に第３版を見てみると、**[*georg*.3.200]** の訳はやはり変化がほぼないが、**[*georg*.4.174]** のほうを今度はなんと滑奏スポンデウス連続行に訳している［Landbau³: 187, 224］。

明らかに、思い入れは **[*georg*.4.174]** のほうにある。上で述べたように後にも再度引用している［ZM: 248］のだし、今見ている箇所［ZM: 132］でも **[V4]** に続けて書いているのが **[*georg*.4.174]** のほうであって、**[*georg*.3.200]** のほうはついでに引用しているにすぎないとしか考えられない。力とは言っても、主に念頭に置いているものは、自然の力ではなく、肉体的な力、人体が発する力、人工的なこと（鍛冶がまさにそう）をする力、これであるようだ。

滑奏スポンデウス連続というのは、自然の営為でなく、剥き出しの肉体の力（vis）を想起させるような、暴力的（violent）なものだと、読めてしまう。

（巨人を描いた „bracchia tollunt“（腕をあげる）だが、日本語の「腕力」や「手を上げる」の意味を考え合わせると興味深い。）

　ところで、第4詩脚までスポンデウスを連続させる **[V4]** のような異例の行は、他の人、例えばクロプシュトックとシュレーゲルも書いている［Klopstock 1855b: 54; Schlegel 1811: 68］のだが、滑奏スポンデウスを可能最多数連続させてはいない。

[Kl1] Wuth, **Weh**$\overset{1}{}$k l a g$\overset{2}{}$’, **Angft**$\overset{3\uparrow\downarrow}{}$ausruf, ft i e g $\overset{4}{}$laut auf von dem Schlachtfeld
[Schl] W i e $\overset{1}{}$ **oft** $\overset{2\uparrow\downarrow}{}$Seefahrt k a u m $\overset{3}{}$ **vor**$\overset{4}{}$rückt, **müh**$\overset{5}{}$v o l l eres Rudern

[Kl1] は序論で見た詩行であり、そちらを参照されたい。**[Schl]** は洋上で船を漕ぐ労苦を詠んでいる。**[V4]**・**[Kl1]**・**[Schl]**、どれもスポンデウスに偏った異常なヘクサメタであり、内容を音響で表現する達人のしていることである以上もちろんわざと過度に重くしているのだが、その中で **[V4]** は一頭地を抜いて異常と見える。それは、戦場の阿鼻叫喚や航行の労苦よりもなお重苦しい、闇夜の嵐の不気味な暴圧である。

　実際 **[V4]** は、作った人自身が内容に合わせてわざとここまで重くしていると言ってはいる［ZM: 132］。しかし、内容と形式の一致というような見解をうのみにはできない。文章の表面にとらわれているわけにいかない。例えば、今見ている『時量計測』の数年後に出版する『ルイーゼ』第2版に、

[V5] Unruh$\overset{1}{}$vo l l, **lang**$\overset{3}{}$f a m **Mis**$\overset{4}{}$k l ä n g’ **auf**$\overset{5}{}$l ö f end in Einklang; [3.520]

という異常に重々しい行が見られる［Luise[2]: 304］。確かに、この行が述べている、事態がだんだんそうなっていくという（langsam）さまは、滑奏スポ

114

ンデウスを連続させることで効果的に描写されるだろう。だが、詠んでいる
ことは日常的な人間関係にすぎず、この行の周辺にも『ルイーゼ』のどこに
も、暗黒の暴風も剛腕の巨人も凄惨な戦場も外洋の冒険も出て来ない。のど
かな牧歌詩において [V5] に渦巻く力はほとんどまがまがしい。

　なるほどフォスは特別に重厚な古典詩行から、滑奏スポンデウスの連続と
いう力の表現を学び取ってきたかのようではあるのだが、しかしながら、そ
ういった表現は、特別に要求されていると考えられない所でも用いている。
そうして、作品のそこここに、尋常ならざる力の場を発生させていた。この
ようなことをする人の関心は明らかに、豊かな詩的表現というよりは、常軌
を逸した力の生成にある。そう言わざるをえない。フォスが滑奏スポンデウ
スを使うのは、一番言いたいことをリズムの歪みで浮き出せて目立つように
するためにだとヘンツェルが言う［Häntzschel: 69］とき、悪評に包まれてき
た滑奏スポンデウスを評価はしていても、事柄の一面しか見ていないことに
なる。重要な語を浮き立たせているということも確かにあるのだろうが、そ
の裏に潜んでいる意図は、重要な語云々といった内容的側面とは別問題のも
の、音響上の力の増幅また増幅というものだったと考えられる。

3-3-3　リズムが歪み、フレーズが伸び縮みする

　[V3] の詩行の -voll rings という箇所を見てみよう。滑奏スポンデウスでは
あってもどこか毛色が違うのが見えるだろうか。

　これまでに見ている víeltön- や Stúrmnacht や gráundroh- や Ángstausruf 等
といったものは、複数の幹語を並べたいわゆる「複合語」「合成語」であ
り、どちらの幹語も明確な主意味がある一義的な長音節ではあるのだが、こ
ういうものは、語頭の側が最もアクセントがある（例外として、Glückáuf
や flussábwärts や Südsüdóst や frohlócken や wahrschéinlich や、あるいは合
成語に似た形態の、árschklár や Mórdskérl や stéinréich といった疑似接

頭辞語があるが）。ただ、他の幹語も、副意味音節ほどアクセントや重みがないわけではなく、それどころか、音節の意味を重視する音律則では、断じて短とは扱えない長音節であるから、アルシスに立つことができる。幹語であれば、どのようにアクセントが配分されていようと、それらにÁngstáusrùf・flùssãbwãrts・Sũdsùdõst と差があるだけであって、長短の観点からはすべて等しく長音節として扱う（1–4 参照）。

　このことは、何かと複合していない 1 音節幹語に関しても、同じである。**[V3]** の rings はアクセントのある一義的な長音節であるが、-voll と wog- という音節に挟まれてテシスに押さえこまれている。こういった単音節語の処置をこれから見て行く。

　ただ、この語に関しては、ringswogte という 1 語になってしまってよいようにも見える。複合してもよいだろう。しなくてもよいだろう。それほど大事なことではない。そもそも語の「複合」「合成」などというものは、fertig machen → fertigmachen、vor allem → vorallem、Schneelauf／Schnee laufen 等といった例に見るように、そこまで既定的なものではなく、2 語を付けるか付けないかという表記上の問題にすぎないことでもある。英語でなら分かち書きするもの（world record holder）をただくっつけて書いているだけ（Weltrekordhalter）。「複合」というほどの意味など実はない。反対に考えてもいい。rings が wogen と結合しそうなほど独立性がないことがおかしいように思うなら、aufwogen のような表記にも異を唱えないといけなくなる。この auf のようないわゆる「分離前綴り」は、動詞から「分離」することが許されるというような独立性のないものでは全くなく、その「前」に「綴」っているというようなものではない。むしろ分かち書きしたほうが正しく理解できる。いずれにせよ、フォス自身が rings blühn を ↓ ↑ だとしている記述があり［ZM: 123］、rings を wogen に吸収されそうなほど弱いものとして扱っていることが例証される。

　では、完全に独立している 1 音節幹語、アクセントを少しも弱めることが
できず、そのアクセントも「語頭」等の文法ルールで強いのではなくそもそ
ものこととして強く、そして意味内容も少なくない、そのような長音節をテ
シスに置いたとしたら、どうだろうか。
　クロプシュトックが、次の古典語詩行

[**ars309**] scribendi recte saper' est et principi' et fons.

において、最も意味のある語 saper' が長音節でないことを非難し、ギリシャ
語にもこういうものがあるが、長く伸ばして強調を付けなければならない語
彙が短音節 2 つきりになっていて速やかに読み飛ばされてしまうといったこ
とを述べている［Klopstock 1779a: 67 f.］。詩行の意味は、著述するならよく
頭をはたらかせようということ。一方フォスはこういったテシス中の 2 短音
節重要強調語をかなり好意的に見ており、ドイツ語でこれをやるなら滑奏ス
ポンデウスのテシスに強調 1 音節を置くことになるとして、[**ars309**] の模倣
詩行は

[**V6**] Sucheſt du Wortausd r u c k; **Sinn** iſt Grundweſen und Urquell

というものになるとしている［ZM: 48］。内容は、表現力の本質とは語意な
りということ。古典詩では語意は韻律にかかわってこないがドイツ語詩では
決定的である（1-3）。古典を模倣しながらも彼我の相違は明瞭にする、その
含意を集約している高・長音節 Sinn（センス・意味・感覚）には、非常に重
い強調がある。太字をさらに別字体にして示しているが、意味内容が充溢し
た音節である。それが、テシスに捻じ伏せられている。ヘーンはこういった
ケースを滑奏スポンデウスと区別しており、どちらも「暴力的〔gewaltthätig〕」

だと言う［Hehn: 183］。しかしフォスは滑奏スポンデウスとしている［ZM:
129］。そうすると、**[V6]** は滑奏スポンデウスではありつつもその別種のよ
うなものだ、と見ればよいだろう。より暴力的な亜種だと。

例えば『ルイーゼ』初版の第 2 歌第 127 詩行（第 2 版では第 2 歌第 193 詩行）

[V7] Lehrend das grofse Gebot: „**Liebt**, K i n d elein, liebt euch einander!"

においてこの亜種が見られる［Luise[1]: 91; Luise[2]: 116］。他にも 1.62（第 2 年
版では 1.68）に „ roth. **Gut** f e i n " ［Luise[1]: 14; Luise[2]: 10］というものがある。
これらの語はやはり文中で最大の意味がある。極めて内容の重い音節に圧力
が加えられる。

　滑奏スポンデウスの高長音節は「暴力で」テシスに押さえこむとフォス
は述べていた。この言葉にはホイスラーも注意している［Heusler 1917: 67］。
滑奏スポンデウスとはことばに「暴行を加える」ことだとしている論もある
［Linckenheld: 48］。暴力は **[V6]**・**[V7]** のケースで最大になり、音の力が極限
まで膨張する。このようなテシス中 1 音節語は古典語詩行のテシス中の強意
◡◡ 語に対応するものとされるが、その限りでは原典模写にすぎない。よっ
て、対応が常に見られるかどうかを確認してみよう。

　[ars309] は、出典を引用者 2 人が記していないが、ホラティウス『詩論』、
つまり『書簡集』第 2 巻 3 第 309 詩行である。他に例えば第 2 巻 1 第 91 詩
行中の „ quid nunc esset vetus? " におけるテシス中の強意 ◡◡ 語には、フォ
スの翻訳 „ was wäre zulezt **alt**? " ［Episteln[1]: 31］におけるテシス中強意 1 音
節語が確かに対応している。が、例えば „ gebot.) „ **Geh**, f r a g ', " (*epist.* I, 7.53)
という 1 音節語の原文は „abi" であって ◡◡ 語ではない。こういった非対応
は、他にも *I*: 1.52, 1.86, 5.10, 7.62, 18.28; *II*: 1.120, 2.203, 3.151 等多数見られ
る［Episteln[1]: 209, 212, 229, 242, 243, 289, 317, 347, 361］。

　ギリシャ語詩行の翻訳はどうか。『オデュッセイア』の例えば „νὺξ δ' ἥδε μάλα μακρή,"（11.373）という箇所の翻訳は „Diese Nächte sind lang, **sehr** であり、確かに対応をさせているが、しかし、例えば „Aber sie wird dir ein Gott **schwer** machen;"（11.101）という1音節語の原文は „ἀργαλέον" であって、もはや⌣⌣語ではない［Odyssee¹: 209, 218］。『イリアス』翻訳にはテシス中の強意1音節語が特に多い。それらの一部はテシス中の強意の⌣⌣語に対応している（12.460 等）が、やはり多く（9.555, 11.793[792], 13.655, 16.797[799], 20.138, 21.184, 21.386, 24.571 等）が対応していない［Ilias¹ Bd. 1: 234, 296, 318, Bd. 2: 29, 120, 208, 232, 239, 330, u.a.m.］。

　このように、必ず⌣⌣音節語にテシス中重量1音節語が対応しているわけではない。⌣⌣音節語などなくともあろうとも、積極的に強意1音節語を抑圧し膨張させている。翻訳は模倣の域を突き抜けており、力強い音響が至る所で噴出している。のどかな『ルイーゼ』においても、静かな随想の『書簡集』においても、噴出している。ここでもまた、内容の卓抜な表現などは建前にすぎないようであり、力のための力を徹底的に志向している。この技法を用いると、主意味音節＝長音節という了解の外では別の詩行に読めてしまう（Gebot: „Liebt, Kindelein というヤンブス）のだが、フォスは、他の詩人らと異なり、さかんに用いている。言語音声に加え韻律さえも崩壊しかねない瀬戸際にまでリズムを追いつめ、力を追求している★²。

3-3-4　「カデンツァが壊される」！！

　1音節幹語を行末に置く場合がある。クロプシュトック、シュレーゲル、プラーテン、フンボルトらにも例があるが、フォスは目立って積極的に置く。例えば、『イリアス』翻訳第1歌第517詩行から第24歌第64詩行にかけて多数の箇所にある „donnergewölk **Zeus** [:]" ［Ilias¹ Bd. 1: 22–Bd. 2: 311］とともによく言及されてきた、『オデュッセイア』翻訳第2版第4歌第457詩行

［Odyssee² Bd. 1: 84］における

[V8] Wieder darauf ein pardel, ein drach', und ein ⁵borſtenumſtarrt ⁶**ſchwein**,

という行末がある［Heusler 1917: 63; Paul / Glier: 165; Schlegel 1801: 154; Schroeter: 325］。ホイスラーが、「スポンデウス信仰がヘクサメタのカデンツ（詩行末尾）を破壊する」として、プラーテンの「サンマリノ」第5詩行末 „ ⁵tauſenderlei ⁶**Grün**, “［Platen 1847: 308］を、「全ドイツ語ヘクサメタ中最も狂った行末」だと言う［Heusler 1917: 82］。これら Zeus, Schwein, Grün（雷神・猪・緑地）には特別な強調は見られないが、ホイスラーが特に憎んでいたことから、このような行末は著しく「暴力的」な処置であり、やはり滑奏スポンデウスの強力な亜種と言えるのであろう。現にフォスの第5～6詩脚はプラーテン行と全く同一の動きをしており、フォスにこそ向かっていい非難だ。

[V8] とその上の例はホメロスの „ νεφεληγερέτα⁵ ⁶Ζεύς“・„μέγας⁶ ⁶σῦς: “という原文を転写したものである。古典ヘクサメタの行末音節（第6テシス）は長・短が一義的に決定されない。しかし1音節幹語を置くと、まず長音節となる（そういった行末は非常に珍しく、ラテン語だと例えば3-3-3で見た［***ars*309**] や、他に『アエネイス』第1歌第65詩行の „［...] atque hominum <u>rex</u>“）。不定だったリズムが膨張させられるのだ。フォスはこのケースを模倣し、暴力的に膨張力を噴出させる。

しかもここでも模倣に留まっていない。例えば „ umſchl⁶oß **Nacht**. “（*Od.* 22.88）、„ ⁵feuerork⁶ans **wut** “（*Il.* 11.157）という行末の1音節幹語（暗黒、炎風の意）の原文は、„ἀχλύς“・„ὁρμῇ“であって1音節幹語ではない［Odyssee¹: 419; Ilias¹ Bd. 1: 273］。『書簡集』翻訳の例えば „ erwerbſt, **Geld**, “（*epist. I*, 1.65）の原文は確かに „ facias,⁶ <u>rem</u> “であるが、„ Monarch⁶ **Geld**; “（*epist. I*, 6.37）の

原文は „ Pecunia donat, “ であり、転写などしていない［Episteln[1]: 210, 234]。
転写でもない特異な行末は『書簡集』中多数見られ、さらに『農耕詩』にお
いても（1.328 等）『アエネイス』においても（2.487 等）見られる［Landbau[1]:
47; Aeneis[1] Bd. 2: 110]。

　行末に 1 音節幹語を置いて力を増大させる手法も、一旦は古典から学ばれ
た。だがこの暴力的な表現も、やがては原文対応と無関係に吹き荒れるので
ある。やはりフォスは模倣を突き抜けていた。

　以上見てきた翻訳はどれも初版であり、後年の改訂版がある。亜種は音
節への無理強いという印象が強く、後にその使用を撤回するとも考えられ
る。そこでいま、最終の版を確認してみたい。まずホメロス翻訳を見ると、
亜種が見られなくなっている箇所も見つかるが、しかし多くの箇所でなく
していない［Odyssee[4] Bd. 1: 229, 239; Odyssee[4] Bd. 2: 204; Ilias[5] Bd. 1: 31, 230,
268, 290, 311; Ilias[5] Bd. 2: 30, 119, 202, 223, 230, 297, 315]。今までに見てきた
ラテン語諸作の翻訳では、撤回は 1 箇所たりとも見られない［Episteln[3]: 166,
167, 168, 181, 186, 192, 193, 233, 252, 254, 277, 288; Landbau[3]: 121; Aeneis[3] Bd. 2:
87]。さらに翻訳と異なり改作などいくらでもできる自作品『ルイーゼ』の
第 2 版では、初版になかった行（1.591）を追加して亜種を増やしてさえい
る［Luise[2]: 67]。

3-4　詩の死合

3-4-1　臨界と超人

　今から見るのは語脚である。語脚を重視し詳細に論究したのはクロプシュ
トックだが［Klopstock 1855b: 53 ff.; Klopstock 1773; Klopstock 1779a: 144 ff.;
Klopstock 1779b］、その論者として独りフォスを挙げる場合もある［Grotefend:
75]。3-2 で挙げた **[V1]** などは、次の語脚からできている［ZM: 144]。

[V1] Sei der Gefang | vieltönig | im wechfelnden Tanz | der Empfindung

ところで、1-6-1で見たように、古典模倣に厳格な場合にはトロヘウス詩脚を避けるが、1-6-3で見たようにフォスはそれほど避けていない。例えば、詩作上の制約が翻訳よりはずっと少ない『ルイーゼ』の、詩作を確立している頃の第2版において、なおこの詩脚をよく用いている。

[V9] Hold erftaunte der Red', und fprach, das rofige Mägdlein:

といったような行 [Luise²: 5] を見ると、トロヘウス詩脚を3個も置いている。ところが、この行は、語脚の観点からは、

[V9] Hold erftaunte | der Red', | und fprach, | das rofige | Mägdlein:

という構成であり、語脚のほうのトロヘウスは一切用いていない。つまり、実際に知覚されるレベルでは —‿ のリズムを避けている。

　各語脚のリズム特性や表現効果は、モーリッツもまた詳細に考察している [Moritz: 53–105]。フォスは、クロプシュトックとモーリッツと異なり、強さと弱さの観点を重視して捉えている。まずヤンブス語脚とトロヘウス語脚を基本単位とし、前者では、短音節からの「衝撃」によって長音節が「強く」高められて「十全な力」を得るが、後者ではこういった力を得ず、「虚弱な小躍り」があるのみだとし [ZM: 142]、クインティリアヌスを引き合いに出している [ZM: 143]。出典を記していないが、確かに、『弁論家の教育』第9巻第4章第92節に、フォスの言葉そのままに、「‿— では短音節から長音節に激烈に昇り、—‿ では穏和〔柔弱〕に降下する（acres quae [litterae syllabaeque] ex brevibus ad longas insurgunt, len[v] iores quae a longis in breves descendunt)」と書いてある。またトロヘウスを（ハリカルナッソスの）ディオニュシオスが「軟弱で卑賤」だと述べていると言う［ZM: 148］。これも出典を記していないが、確かに『文章構成法〔*περὶ συνθέσεως ὀνομάτων* (De compositione verborum)〕』の第 17 章に、トロヘウスを「軟弱で卑賤」（*τροχαῖος, καὶ ἔστι μαλακώτερος* [...] *καὶ ἀγεννέστερος*）と評している箇所がある。どうやら、基本語脚の強度に関しては古代の論に依拠しているところがある。しかし他の様々な語脚の定義は、独自のものだろう。強度の吟味に偏っているからだ。

　考察の冒頭では、語脚によって音節の長さが様々に変化すると述べている［ZM: 141］が、もはやそのような価値中立的な発言はうのみにできない（モーリッツの論述も多分に批評を交えたものであるが、強度にこだわる姿勢を示してはいない）。例えば、1 長音節のみの語脚 ſchlug（殴るという意味）が、「自分の力で立つ」「男の支配者」である［ZM: 144］。これが一定の条件で他の語脚と結び付けば、「最強の」語脚 2 つを成す［ZM: 144］。とした上で挙げる例がまた禍々しい自然現象（Nórd ſturm　wühlt）である［ZM: 145］。次に、「特攻ヤンブス」と「爆速アナペースト」を結び付けると言う［ZM: 146］。これら「野蛮な」「突撃隊」を別の語脚の「死合」で鎮める［ZM: 146］と言うが、そのためのスポンデウスが今度は「悠揚迫らざる」「重量級」語脚である［ZM: 149］。そしてスポンデウス語脚が、「いくらなんでも弱すぎる小おどりの」トロヘウス語脚に隣接して、リズムの弱さを修正する［ZM: 147 f.］。「暴走」ダクテュロスに「パワー系の」スポンデウスを結び付ける［ZM: 148］。このような考察が続き、さらに、「強圧的なバッケイオス（◡――）」［ZM: 153］、「ヘビー級の」「鬼の逆バッケイオス（――◡）」について語る［ZM: 154］。モーリッツが嫌悪したアンティパスト（◡――◡）も、ヘーブング同士が「衝突」を起こしている「ぶっそうな」語脚であり［ZM: 157］、しかも「この対面衝突」がまた、「襲いかかる」アナペースト（◡◡―）［ZM:

145］および「長音が強化されている」ダクテュロス（—◡◡）［ZM: 147］を並べた „der Gewalttragende" という形を成して一層「強化され」るとする［ZM: 157］。といったように、『時量計測』のリズム論は、強さ弱さという特定の観点に偏っている。

　例えば、ラームラーがS・ゲスナー（1730–1788）の散文［Gessner: 82］を書き換えた次のようなヘクサメタ

[R] (T)Chloe, (T)ſieh doch! (T)immer (T)trägſt du (A)dein Körbchen (A)am Arme.

［Ramler: 389］

を挙げて、「何よりもひ弱で鈍重な語脚」による [R] はもはや「ヘクサメタでも何でもない」［Landbau[1]: XXI］、ラームラーが使う語脚はこのようなものばかりだと言う［Landbau[1]: XX］。（ラームラー・ゲスナーとも出典は私が調査した。）トロヘウスとアンフィブラハだけでできた [R] は極端な例ではあるが、とはいえ、数々の高名なドイツ語ヘクサメタが [R] のような動きをしている。ヘルダーリンの『エーゲ海』などもそうで、冒頭部分を見ると、

[H] (T)Ufern (T)wieder (A)die Schiffe den Lauf, (A)umathmen (A)erwünschte

［Hölderlin: 232］

と弱い語脚の連続が見られ、最後までこの調子である。ラームラーの衣鉢を継いでいる。[H] の律動は、フォスが「脆弱すぎ単調すぎ」と評したゲーテの『狐ライネケの物語』の詩行とよく似ている［Briefe[4]: 39］。しかしながら、2-4-1 で詳述したように、こういった語脚の傾向は、ドイツ語では極く自然であり、むしろ、ラームラー（や間接的にはヘルダーリン）などのひ弱な言語を嫌悪するフォスこそ偏っているのである。

例えば『ルイーゼ』のやはり冒頭部分では、

[V10] (T)Welche, die tägliche Stub' an der Mittagsſeite (A)beſchattend,

と弱い語脚を避けており［Luise¹: 7］、さらにそれすらも、第2版で、

[V11] Die, | von gelblicher | Blüte verſchönt, | voll Bienengeſurres,

と弱い運動を完全に排除している［Luise²: 3］が、身辺の日常の描写にすぎず、このような処置は作品の内容に即応しているとは言い難い。リラックスした日常にふさわしく、軽く緩んだリズムにしたほうがむしろいいはずだ。上で見た基本語脚の考察に際してフォスは、ヤンブスの例として実にGewalt（暴力）という語を挙げているのだが、語脚の強さをもまた暴力的な強さとして捉えているかのような印象を与える。なるほど、力のない虚弱で脆弱な語脚は、まさに「暴力で〔mit Gewalt〕」排除されるもののようである。この苛烈な力動思想は、擬古文学という枠に収まるものではないだろう。そしてフォスは強い語脚の選択に際しても、やはりケタ外れの志向を示していく。
　ホイスラーから「アンフィブラハアレルギー」［Heusler 1917: 104］と評されるだけあって、次のような対照をしている。

[V12] (T)Schrecklich (A)erſchollen (A)die Donner

　　　　　　　(A)vom jähen (A)Gebirge (A)den Streitern

[V13] Schrecklich erſcholl | **Kriegs** d o n n er |

　　　　　　　vom jähen Gebirg' | in das Schlachtfeld

合戦の場での大軍勢の吶喊を描いているのだが、それが、**[V12]** では「軟弱」なリズムによって完全に「歪曲」されていると述べ、「表現内容に相当な強度があるのだからリズムも強く」した **[V13]** でなければならないとしている［ZM: 167］。

　ところでこの **[V13]** だが、よく見ると、2-3 で挙げた、語脚の説明にクロプシュトックが例示していた次の詩行［Klopstock 1779a: 145; Klopstock 1779b: 294; vgl. auch: Klopstock 1855b: 53］

[Kl2] Schrecklich erſchol | der geflügelte | Donnergeſang | in der Herſchar.

と酷似した型であり、明らかに、これを意識していると考えられる。第1・4語脚が同じで、第2・3語脚が少々異なっている。クロプシュトックだと、「快活」と定義する ◡◡−◡◡ 語脚［Klopstock 1779a: 158］を用いているが、フォスだと、「重量級の」「殺気立った逆バッケイオス（−−◡）」［ZM: 154］を、ただ用いるだけでなく、滑奏スポンデウスに重ねている。前者が、「強い」とするコリアンブ（−◡◡−）［Klopstock 1779a: 159］を用いており、後者が、「破竹」「突撃隊」「野蛮」と特徴付けるヤンブス（◡−）［ZM: 146］でアンフィブラハ（◡−◡）の弱さを払拭するとも言うべき ◡−◡◡− 語脚を作っており、それによって、「猪突猛進」と呼ぶアナペースト（◡◡−）［ZM: 146］すら聴こえさせている。強い内容を表現する上で、強い律動というよりも、とてつもなく強い律動を詩行にもたらそうとしている。

　シュレーゲルによると、フォスのホメロス翻訳は「脆弱語脚」であるトロヘウスとアンフィブラハを極力避け、「格が違う」「男の」語脚であるヤンブス、アナペースト、コリアンブ等を考え抜いて用いている［Schlegel 1846(10): 179］。しかし „Gebirgs **Fels** haupt" といったものは「生硬」であると評しており［Schlegel 1846(10): 179 Anm.］、„dumpf **auf** halte" のような例は「カ

コフォニック」だと評している［Schlegel 1846(10): 180 Anm.］。出典を明記
していないが、Gebirgs Felshaupt は『イリアス』翻訳第 15 歌第 273 詩行［Ilias¹
Bd. 2: 71; Ilias⁵ Bd. 2: 71］に、dumpf aufhallte は同第 2 歌第 781 詩行［Ilias¹ Bd. 1:
58; Ilias⁵ Bd. 1: 64］に見られる。そうすると、この 2 つを合わせたものとも
見える „ erſcholl **Kriegs**donner " という律動は、もはや不快感をもよおすほ
どに硬質だということになろう。迫力的表現を、音調の崩壊寸前まで追求し
ているようだ。

　ところで、内容の強度を表現する上で **[V13]** の律動が必要だそうだが、こ
れもまた建前見解にすぎないようだ。というのも、そのような律動など必
要がないはずの『ルイーゼ』に、„Stolz **an**hörend"・„Hört **füſs**träumend"
・„Leiſ **ant**wortend " (1.216［Luise²: 27］、1.329［Luise¹: 43］、2.657［Luise²:
168］) という、カコフォニックなまでに硬い型が見られるからである。

　そして今、本章で最初に挙げたフォス詩行である **[V1]** に帰ってこよう。
実は、寸分の狂いもなく **[V13]** と同一型である。

[V1] Sei der Geſang | **viel**tönig | im wechſelnden Tanz | der Empfindung

[V13] Schrecklich erſcholl | **Kriegs**donner |

　　　　　　　　vom jähen Gebirg' | in das Schlachtfeld

今わかったように **[V1]** はとてつもなく硬く強く烈しいのである。しかし、
述べていることは、リズムを多彩にしようというだけのことだ。するとその
多彩さというのは、およそ弱さというものを一切欠いた半神の、あるいは、
人ならぬ力強さを体現する超人の運動（Tanz）であろう。

3-4-2 創造的コピー

このようにフォスの詩行を力の表現として捉えると、例えば、ホメロス翻訳に際して原文のイメージを喚起するために直訳的に合成分詞や合成形容詞等を作っているがこれは失敗だとする議論［Busch: 260 f.］が、翻訳者の真意からすれば的外れにも近い評言だと理解できる。ちなみに、シュレーゲルも、フォスの翻訳への評論で、合成語を作りすぎると指摘している［Schlegel 1801: 153; Schlegel 1828: 120］が、非難の調子は特にはない。ブッシュが（1 行欠けるなど）不正確に引用しながら出典も記していないくだりと同じ文面が見られるのは、『オデュッセイア』翻訳の第 4 版の第 24 歌第 220 ～ 231 行である。どの語のことを言っているのかを引用者が一切記していないのだが、確かに „fruchtbepflanzte" が „πολυκάρπου" に対応しており（V. 221）、„ſchöngeordneten" が „ἐϋκτιμένη" に対応しており（V. 226）、下腿に牛皮革を巻いているという描写の所では原文にない „ſtierlederne" という形容詞を作っている（V. 228）［Odyssee⁴ Bd. 2: 247 f.］。これら 3 語が出現するのは、第 4 版と多少文面が異なる第 2 版からで［Odyssee² Bd. 2: 251］、初版では „fruchtbepflanzte" が „obſtbeladenen"（V. 220）、„ ſchöngeordneten " は同じ（V. 225）、„ſtierlederner" はまだない［Odyssee¹: 457］。改訂によって何がどう変わったのかの文学的考察はしない。「果物」や「牛革」の語意詮索や歴史的考証もしない。ただ少なくとも、

[V14]（初版）(T)Gegen die rizenden (T)Dornen

(A)geflickte (T)Stiefeln | von Stierhaut;

[V15]（第 2 版）Grob und häufig | geflickt; |

auch ein paar | **ſtier** l e d erner ſchienen

と律動が力強くなっていることが一目瞭然である。ftierledern という合成語を登場させることで、翻訳の意義はともかく、paar ftier l e d ern という上述の過度に硬い音調が得られている。

　一応のところは音調をホメロスの詩行より獲得しているとも見えるが、それは、詩人としてのキャリアの最初期からであったようだ。初の翻訳発表が、2-5 で記したように、1779 年、文芸誌上である [Gruppe: 66]。評者によると、原典の「悠々とした男らしい」音調を再現できている [Odyssee^{TM}: 117]。数年後、グライム宛の書簡（1787 年 1 月 5 日オイティンより）で、ホメロスの詩行が、超えようとする僭越が許されないような至高の範型であると述べている [Briefe[1]: 282]。

　なるほどたしかに、生涯の訳業において最も重要なのが常にホメロス叙事詩のようで、構造をドイツ語で再現するために試行錯誤を凝らしていた。では信奉者だということなのだろうか。確かに強靭に進行する詩行だが、弛緩する箇所も稀にある。そういった箇所の 1 つである『オデュッセイア』第11 歌第 598 詩行など、

[*Od.*] αὖτις, | ἔπειτα | πέδονδε | κυλίνδετο | λᾶας | ἀναιδής.

と、「語脚がトロヘウスかダクテュロスで終わっている」から長音節が不完全であると（ハリカルナッソスの）ディオニュシオスが述べていると言う [ZM: 152 f.]。ディオニュシオスの原文は、『文章構成法』第 20 章中の „ ἐν τῷ στίχῳ [...] ἑπτὰ δὲ|συλλαβαὶ| μακραί, οὐδ᾽ αὗται τέλειοι· [...] οἱ [...] πάντες [ῥυθμοὶ] εἰσὶ δάκτυλοι, ηλὺ διαφέρειν ἐνίους τῶν τροχαίων.“ というものである。フォスはこれだけしか述べていないが、至高の範型を批評することがはばられたのではないだろうか。現に、特にトロヘウスとアンフィブラハの長音の弱さを論じてるなかで [*Od.*] に言及しているのである。つまり [*Od.*] に関して本当に念

頭にあった批判は、

[*Od.*] (T)αὖτις, (A)ἔπειτα (A)πέδονδε κυλίνδετο (T)λᾶας ἀναιδής.

という語脚がリズムを弛緩させているということではないのか。実際、翻訳
するにあたっては、

[V16] (T)Hurtig | mit Donnergepolter (A)entrollte | der tückifche | Marmor.

と弱い語脚を減らしている［Odyssee[1]: 227］。初版でこうだが、最終版でも
変えていない［Odyssee[4] Bd. 1: 248］。岩が転がり落ちていくさまを描写して
いるのだから、長音節が不完全でごろごろごろごろしたリズムになっている
ほうがいいのだから原文の調子はおかしくはないのだが、それは認めない。
至高範型に取り組むにあたって、明らかに、取捨選択的である。求めている
のは強靭な律動なのであり、弱い律動があれば、神聖不可侵の原文であって
も、認めない。自身のヘクサメタではそれを修正する。ここでも、信奉者と
いうより、明確な要求を持ってオリジナルに臨みその律動を獲得する「創造
的」な模倣者であった。

★1　geschleift は音楽用語「レガート」だが、ケレタートは「ポルタメント」の意味
だと言う［Kelletat: 69］。音楽のイメージはもちろんあるだろう。フォスは詩行
を音楽と見ており、音楽から韻文を考察している。例えば、作曲家 J・Fr・ラ
イヒャルト（1752–1814）が、1774 年にクロプシュトック宅で出会って以来フォ
スと親交がありフォスの作品（オーデ）に曲を 60 回以上付けている［Hankeln:
217］。

★2　シュレーゲルが、ここまでに見てきたような 1 音節幹語をテシスに置く処理
を「等量スポンデウス〔gleich gewogener Spondeus〕」と呼んでいる［Schlegel
1846(4): 189］。ホイスラーもそう呼んでいる［Heusler 1917: 60］。そしてシュレー
ゲルの „ Geschicht **Ein** e i n ziger “ (*Rom*, V. 67)［Schlegel 1805: 10］といった例も、
今論じているケースではある。がいずれにせよシュレーゲルはフォスほど多数
は使用していない。

終章

マタイ効果

　詩論の本でありながら、よくあるような、乱暴に数十行の引用を貼り付けるページや、願望と時流に従って語義を詮索していく考証ページ、翻訳用の奇態な日本語で「汝」に「おお！」と語り出してバラでも手渡すような文学ページ、といったものが、どこにもない。韻文というのはルールの世界だが、つまりは、字が読めれば誰にでもわかる（英語は除く）。何を言っているのかよくわからないものが「詩」なのではない。それは知の拒絶にすぎない。だが、知よりも確信のほうが好ましいだろう。

　一般に取り上げられることのない対象を取り上げてきたが、そのこと自体が特にどうであるということはないだろう。反対に、有名な人物・作品を改めて改めて再再再再……度取り上げる研究は、何になっているのだろうか。さすが多く取り上げられているだけあってこれは多く取り上げられるべきものなのであるというトートロジーを確証し続ける以外の何ができるのだろうか。有名な人物や作品はやっぱり偉大、マイナーなものはやっぱりダメ、と繰り返し繰り返し確認させてもらいたい受容者とは何であろうか。またダーウィン。またデカルト。またバッハ。またプルースト。元々は忘れられた2流作品だったモナリザが盗難を機縁に神格化され偶像になっていく話があまりに有名だ。

　偉大や成功とはそのようなものなのかもしれない。成功を目指していた者や活動していた者の全人数は、後の記録に残る一握りの一部に比べて、途

方もなく多い。「偉」人には知己・縁者・所属・先人後人・参照先・剽窃元の広大なネットワークが常にあり、その中の一現象を偉人と呼んでいるにすぎない。ゲーテとはネットワークのノードにすぎない、コロンブスだろうとジョブズだろうと同じ。何十何百万人の起業家の一部だけが残る。革命家も何千人といただろうし、ブッダも何万人といただろう。そこで後々の世に残ることになったのは、残ることになるだけの「偉大な資質」を備えていたからなのだろうか。そのようなよくわからないもので何が説明ができているのだろうか。一方、成功している者だけが成功を継続させられていくという**マタイ効果**なる社会動態説明概念は、非常によくわかる。

　権威というのは、数点の偶然が重なって、状況にもめぐまれ、知名度が堆積していくという正のフィードバックを繰り返して、人口に膾炙するようになり、想起されやすくなり、たやすく頻繁に想起されるようになったところのもの、そういうものである。そしてたやすく頻繁に想起されるものは、主要なものであり第一人者であるのだ、と速断される。思い出せるもの、話題にされがちなものがイコール重要なものだという錯覚。現代心理学が明らかにした**利用可能性ヒューリスティック**という短絡思考あるいは疑似思考である。思い出せるものしか思い出さず、それを「偉」いものにしてしまっておきたい。精査は面倒だ。「改めてとらえなおす」などという手間は是非取りたくない。ヒトの認知はサボる。記憶と教科書に残るものは、残っているというだけのものなのであって、残るだけの理由がある何かなのであるという判断はそこからは実は出てこない。

　価値や「本質」、あるいは精神性だの魂だの民族的何かだのといったよくわからないものは、本書は論じない。名が残っているものなのだから、そうだから当然価値のあるものに違いないのだ、という疑似推論・疑似判断、すなわち**生存者バイアス**という偏向が掛かった研究をしない。（こういった精神論が信仰する「実力」というのも多分に非科学的である。多く、時代に都

合のいいことを書き作るから入賞させられ採録される。審査員の所属層に都合のいい人物だから優勝させられ表彰される。周知のように、デビアス社がイメージを創出し市場をコントロールしていなければ、ダイヤモンドは無尽蔵に取れる岩石にすぎない。それ自体の価値、内在する価値などというものは、存在するのだろうか。）こういった方針もあって、取り上げられることのない主題の発掘にいきおい進んだものではある。取り上げたものの中で、フォスの古典翻訳が今日でも現役である。現代でも、翻訳を通じてならフォスを知ることにはなる。しかし本書は、翻訳を通じた古典古代理解といった内容研究をしたのではなく、詩行の形式とその理論を研究した。一見普遍性があるように見える前者でなく何故マイナーで読者を選びそうな後者を主題にしたかというと、いや後者のほうがメジャーで普遍性があると考えるからである。

異文化とはオープンソースである

　例えばシュテックナーが、ドイツ語でヘクサメタを作ろうとしてきた歴史に触れ、「フォス、フンボルト、プラーテンといった人たちがいて、意識を張りめぐらせ尽くし、顕微鏡で音節をのぞきでもするかのように、ふつうの人では到底ついてこれない微に入り細を穿った技術でもって、試行錯誤をしていたのである。専門家だけに開かれた世界だ」［Steckner: 79］と述べるような時、この意識的詩作の極北で動いていた人々が、いかに日常的空気とは隔絶した言語を獲得していたかが想像されて止まない。しかしながら、そう言ったところで、19世紀以前のドイツ語詩の朗読が記録されている訳ではなく、本当の音声の現場は、永久に謎である。まして当時のドイツ語の発音すら聴けるわけではないような現在、韻文をスキャニングと日常的口語発音の拮抗として音声にすることもなくなったこの現在、韻律が死滅した末に自由な抒情詩という詩のような何かやツェラーンたちが跋扈しているこの現

在（日本では新体詩という非詩以降のことだから、「現在」よりかなり前だが）にあってみれば、いわばピリオド奏法の可能性が絶望的だと言える。無論それは多かれ少なかれ歴史的な韻文作品すべてについて言えることなのだが、ギリシャ語‐ラテン語詩由来の韻文は、特別に作者らの理論に通じていなければ、どのようなつもりで作った音声芸術なのかがわからない。民謡やソネットのように単調に脚韻と弱・強を念仏していて済むものではない。まして和歌や俳諧の原始的で単純な韻律とはわけが違う。試しにウェブ上でネイティブの読むのを聞いてみればよい（YouTube に音源が多数ある）。どういった詩でもそうであるが、韻文の命、ヘクサメタなら4拍子または3拍子、そういうものが、特に聞こえてこない。もっともらしい抑揚を付けて朗読のようなことをしているだけでは、書いた人の表現は示されない。ほとんど歌わなければならないような韻文だということが、知識として知解されていないようだ。

　こういった状況であるのだから、19世紀以前の詩作に対しては今日誰もが「外国人」なのだと言って過言でないのかもしれない。ネイティブの特権もなければ、センスの特権もない。誰もが、アタマで学ばなければ、なにも分からない文学。それが韻文、とくに高度な韻文だ。つまり、知識から入るしかない芸術。

　ゆえに、非母語話者の一見不利な位置から研究するということは、不利に見えながらその実、外国人として古地層を発掘することと似て、不利なことでも特別なことでもないのかもしれない。特別なことがあるとしたら、ビザの発給や研究の動向（または偏向）にあるのであって、化石やヘクサメタにあるのではない。本国人であっても、発掘ノウハウがなければ、ある外国人ほどには動けない。（さらに言うと、18〜19世紀にしたところで、千数百年前の地中海沿岸国家群という異文化に対しては、みなが申し分なく外国人であった[1]。）

　こういった前提の上で、ネイティブが観光に訪れはすれど素通りするテキストの古層、あるいは訪れさえしないテキストの古層から、テキストの怪物を掘り出すという作業を行った。序論で書いたことを繰り返せば、これが私のテキスト精読（Grübeln）であり私の発掘作業（Graben）である。発掘したのは、長（ー）と短（∪）の二値体系およびローマ字が理解できれば誰にでも理解できる言語の芸術、**強い言語**の怪物である。詩情や特別な体験を持たない普通の人、文学への感応という特殊能力を持たない人でも、言葉として何がどうという話なら、わかる。他の文化や歴史を共有しない人でも、言語は持つ。言語なら、文学よりも、実はわかる。思われていることの逆が真なのである。

ヘクサメタ 2.0

　自然風ヘクサメタを賛美するレビが、「韻律の中で最も退屈で中身がまったくないものがアレクサンドリーナである一方、中身しかないほど充実していてこの世で最も面白い韻律がヘクサメタであるが、それをゲーテとヘルダーリンが書いたというそのことによって、ドイツ語韻律が、特定の時代に限定されたものから〔aus dem bloß Historischen〕永遠の世界に、プラトンの言う最高類〔οντως ον [sic.]〕の世界に入る」[Levy: 329] と述べて、ドイツ語ヘクサメタが「外観上」古典から遠ざかるほど「内面は」古典に近付くという逆説的運動を見ている [Levy: 337] が、本書は、徹底的に異言語の形態に近付く運動が実は母語の内深部に突き進んでいく運動だったという逆説をドイツ語ヘクサメタに見た。私ならこの論者よりも・も・っ・と・逆に考える。

　意外な事実だが、ゲーテだろうとヘルダーリンだろうとグリムだろうとハイデッガーだろうと、日本語で書いたのではない。日本人「ウェルテル」君が岩波文庫から日本語で語り（Werther は「ヴィーアタ」としか読めないのだが）、内容上も形式上も日本人でしかなくなっている日本限定「ニーチェ」

氏、紋付き袴さえ着ていそうな日本限定「ドストエフスキー」さん等々が本邦に帰化して久しいものだから、ついつい、見ているもの・聞いている言葉・飲食している物・取り囲んでいる風景・匂ってくる現実の何もかもすべてが全然まったく現代日本列島と異なる環境下にある別種の人類であることを忘れてしまうが、この人たちは、あくまで、我々とはどこまでも異質な人々である。ライプニッツやソクラテスやヴィトゲンシュタインが目にしていた過酷な環境を体験することは金輪際できず、安易に共感し「理解」することなどできない。この人たちの肉声を漢字平仮名に開いてしまって、何が残るのだろうか。いや、邦人でも同様だ。戦前の空気でさえ、その片鱗すら呼吸することはできない。明治以前など想像も絶する別宇宙であって、「歴史」などといった過去疑似追体験は、およそ娯楽でしかありえない。異なる国や言語や時代とはそこまで異なるものであり、そこから紡ぎ出されるものである「文学」とはそれほどまでに安易には受容できないものであるはずだ、本来は。わかる人・共感する人・読書する人には、ノヴァーリスなりヘルダーリンなりの見た（かった）何がわかるというのだろうか。

　19世紀以前ドイツとは、そのようなものなのである。そこから出来するところの文学を受容するというのは、どういうことなのだろうか。なぜ日本人がそういった異文化の吹き替え版を鑑賞するのだろうか。鑑賞できると思えるのだろうか。

　ではどうすれば異質な人々にもこちらに届く声を語らせることができるか。そういった問題意識の下にあるのが本書なのであるが、一つには、「内容」を安易に読解することではなく、文学の形式を観察することである。何を言っているかにはついていけなくても仕方がないし、その方面に偏りすぎた研究の蓄積は既に豊穣または飽和である。そうではなく、言語をどのようにマネジメントしていたか、どのような形で文学を展開していたか、といったことを観察することである。

　本論で明らかにしたように、上の２名やシラーなどは、古典詩作に関しては、この人たちの母語、つまり我々には異質である特定の言語から外に出ていくような運動を顕著に示してはいなかった。言っていることの内容や真義は別にして、その文学のカタチは、そういうものだった。こちらにとって異質な場所から旅立ってはいかない人々、その普遍的輝きは、こちらから見ると、ずいぶん局地的である。古典模倣厳格派も、もとよりそうではある。しかし、ドイツ語でなくなっていく作風をしていた。他の言語を取り込むという作業、言語を改造しようという努力運動、何時代の何文化にいる何語の話者が見ても意味がわかる作業をしていた。そこでどのような内面的境涯にあったのかは理解できなくても、そこで「何」をしているのかは、容易にわかる。それが韻律論という形式文学だ。たしかに、一見非常にローカルな人々である。しかし、好評を博すゲーテ、シラー、ヘルダーリンの（本当はよくわからないのかもしれない）文学世界と違ってマイナーで抹香臭い技術論の一歴史こそ、これら御三方が残した特定一時代・特定一文化の詩文をもっと超え出る普遍性を見せてくれる。それは、一歴史にとどまらない、まさしく「歴史のようなもの〔Historisches〕」、歴史の類<ruby>類<rt>るい</rt></ruby>だ。最もローカルなものが何よりも普遍的という逆説。それは、御三方とプラトンの西洋からこちらにまで超え出てきて、文学言語創出の努力という努力の１つの型、のみならず、人工的で意識的な努力という文化的事象、文化の「最高類」を、見せてくれる。

　このことを、体験してもらいたい。序論末尾に記したように、ローマ字が読めれば、誰にでも体験できる。

★1 近代ヨーロッパ人が古典古代をどの程度精確に発見発掘していたのかあるいは
いなかったのか、裏を返して言えば、どの程度・どのように・どういった意味
で都合のよい材料を古代から汲み出していたか、都合よく時空の彼方を利用し
ていたか、という問題がある。本書との関わりでは第1章★6に書いたような
問題があるが、他にも本書との関わりで、例えば1-2で触れた、18世紀以来の
古典古代主義の立役者の1人・ヴィンケルマンがいる。古代ギリシャから美学
を汲み出していたと知られているが、実際に目にした数々の作品がローマン・
コピーであって、白色の大理石（大理石は白だけではないが）から白色の美学
という後の白人イデオロギーの祖型を導き出していたとペインターが述べてい
る［Painter: 61］。ただ、元のギリシャ彫刻のほうが肌を暗色に塗っていたこと
をが気付いていただろうともほのめかしつつ［Painter: 61］、しかし、本人も関
係者も後世も彫刻の着色を排除してきたと言い［Painter: 62］、そういった例と
してFr・レイトン〔1830-1896〕という名前を挙げている［Painter: 61 Anm.］。
古代ギリシャの美術に対してこのような抑圧と偏向があった（一般では「エル
ギン・マーブル」などがよく知られている）こと、こういったこともまた、序
論で触れた、イデオロギーの強化拡張に都合のよい材料を物言わぬ対象から汲
み出し、都合の悪い材料は遮断してしまう「確証バイアス」に他ならないだろう。
ヨーロッパでは、別地域に対する共時的な「オリエンタリズム」がある一方で、
歴史に対する通時的なオリエンタリズムがあるのかも知れない。

あとがき

　哲学が何をするものかと言うと、体験、それも私秘的で切実な体験に発しながらも、しかし営みとしては徹頭徹尾ことばを生産、言葉を建材として語と文による体系を建築する、そのことと似て、韻文学もまた、切実な私的体験・私的感興に裏打ちされながらも、営みのよすがとするものは徹頭徹尾ことばである。

　詩とは、言葉言葉言葉、どういう言葉をどう組み立てるかに尽きるものだ。それは、語と語のリズムに関する作法の世界であり、韻律にしたがって文を調律する音律の空間である。

　ことばをめぐる熱意、というよりかむしろことばをめぐる苦痛とのたたかいは、誰にもつきもののことである。

　日常発する文のほとんどが、周到に慎重に考えて言っているものでは到底なく、発声と発話の反復を経て自動的に出るようになっているものであること、そうでないにしても、それはことばにすぎない、それはただ言っただけのことにすぎない、ということは、大方は気づいていることである。それでも、ことばが、あの人に「言われた」ことが、果てしなく突き刺さり、いついつまでも残るものであることも、事実として認めざるをえない。「コメント」欄・各SNS・各種「レビュー」・人に言われたこと・メールで書かれたこと・記事の文言・演説での一言、そこで言われたことが何度震源になりニュースになり一喜一憂の種になってきたことか、我々はことばに七転八倒する動物であるようだ。こういった場で言っているほうは言われているほうの胸中と相違して大して考えもせずに言っているだけであることも、究極的

には理解はできる。しかし、言葉に感情を喚起されることは、誰にも克服できない。

　ことばにこのように切実である動物が、ことばなどという石ころも動かせない空虚な記号、単なる空気振動、側頭葉のニューロン発火（等）、このようなものを芸術として極めようとしてきたのも、無理からぬことであった。

　そのような営みである文学は、非生産的・非実用的・非有用のそしりを少しでも免れんとばかりに、社会関係や映画や広告や臨床や差別や性などと手と手をたずさえ、いやむしろ手を替え品を替え、現実を取り込み、現実にコミットしていることをアピールしてきたものだが、そうすると詩文芸は「ことばのみ」の最後の牙城であってもよいだろう。詩人が何をし何にコミットしてしまうにせよ、詩がことば以外のいわば「邪道」に反れれば、その時にはいうなれば「終わり」ではなかろうか。

　ことばをめぐる熱意、というよりかむしろことばをめぐる苦痛とのたたかいは、誰にもつきもののことであり、私にもそうであり、人一倍そうであった。文学の研究者としても関心は表象ではなくもっぱら言語（そのもの）に向かい、韻文学に向かう。そこにはあまり人がいない。みな、小説に向かい、現代に向かい、政治に向かい、何なら非ドイツ語にすら向かう。それが文学というものなのだ。そう、なってしまったのである。戯曲が詩の形式だがそれは無視したい、抒情詩は内容はわかるがおそらくルールはわかっていないのだろうしかし考えたくない、叙事詩は……断固御免被る。ということだ。この順で、詩の3大分類 Drama・Lyrik・Epos の順で、ルールと作法が厳格になり、したがって言葉言葉言葉、ことばに・いやことばのみそれだけに取り組まなければならず、原典原文から逃げることもできない。

　意外なようだが、ドイツ文学は詩の世界でもあり、あらゆる言語のなかでも特段に詩とその理論が巨大な一角をなす世界である。意外なようだが、言葉よりも体験が先立ち言葉の構築がおろそかだったヘルダーリンやゲーテだ

けが詩人なのではない。むしろ、本文で述べたように、これらのビッグネームが技量的には格下であると言わざるを得ないような、そのような、叙事詩言語を極めた詩神たちがいた。いたことはいた。それは、いたことが忘れられ・いたことが価値のないものにされていることとは、全くの別問題である（また、本文中に述べたように、現在の論調では価値のないものではなくなっており、それを知らないでいると、研究動向に遅れているとのそしりを免れなくもなる）。前者が事実なら、後者は社会の歴史的偶然にすぎない。ゲーテかフォスか、ヘルダーリンかプラーテンか、どちらに「コミット」するかはそれこそ政治に過ぎない。ことばはことばであり、政治ではない。全くの別問題である。

　ことばに切実である動物が「ことばだけ」の技芸を営んでこれたように、ことばだけを論じた本書のような論じ方もある。この動物には、それをしても、不自然ではありえない。

　本書は、言語とは何か、韻文はなぜ韻文なのか、という私の問題の今現在の総決算である。

　本書は、「令和2年度京都大学総長裁量経費人文・社会系若手研究者出版助成」を受けたもので、博士論文をもとに上梓した本です。

　博士論文に関しては、奥田敏広教授の指導の下に書き上げています。奥田先生は修士課程の初めから指導教官で、大学院の間を通じて、学術者として極めて稚拙な私を叩き直してくださいました。大学院の5年間、いやその後にも、計り知れない恩を賜っています。この場をもって感謝を述べさせてください。また、韻律論に特化した論文の審査をしてくださった細見和之先生に、感謝を述べさせてください。また、大学院以前から、そして修士論文の時も博士論文の時も、私の研究を評価してくださった桂山康司先生への恩をここに記させてください。

文献表

Adelung, Johann Christoph: J. C. A's Deutfche Sprachlehre. Zum Gebrauche der Schulen in den Königl[ich] Preuß[ischen] Landen. Berlin: Christian Friedrich Voß und Sohn, 1781.

Ahlwardt, Christian Wilhelm: Kallimachos Hymnen und Epigrammen. Aus dem Griechifchen. Von Chr. W. A. Berlin: Friedrich Maurer, 1794.

Anthon, Charles: The first three books of Homer's Iliad, according to the ordinary text, and also with the restoration of the digamma, […]. New York: Harper & Brothers, 1846.

Arndt, Erwin: Deutsche Verslehre. Berlin: Volk und Wissen, 13., bearb. Aufl., 1995.

Behrmann, Alfred: Über das Sprechen von Versen. In: Schweizer Monatshefte 64 (1984) H. 11. S. 917–930.

Bothe, Friedrich Heinrich: F. H. B.s antikgemeſſene Gedichte. Eine åchtdeutfche Erfindung. Berlin u. Stettin: Friedrich Nicolai, 1812.

Brecht, Bertolt: Gesammelte Werke 19: Schriften zur Literatur und Kunst 2. Hrsg. v. Suhrkamp Verlag in Zusammenarbeit m. Elisabeth Hauptmann. Frankfurt a. M.: Suhrkamp Verlag, 1967.

Buchner, August: A. B.s Anleitung zur Deutfchen Poeterey/ Wie Er felbige kurtz vor feinem Ende felbsten überfehen/ an unterfchiedenen Orten geåndert und verbeſſert hat/ herausgegeben. von Othone Pråtorio. Wittenberg: Michael Wenden, 1665.

Burdorf, Dieter: Einführung in die Gedichtanalyse. Stuttgart u. Weimar: Verlag Johann Benedikt Metzler, 2. überarb. u. aktual. Aufl., 1997.

Bürger, Gottfried August: Bůrger an einen Freund über feine deutfche Ilias. In: Der Teutfche Merkur 1776 (4. Vj., Okt.–Dez.) S. 46–67.

Bürger, Gottfried August: G. A. B.s fämmtliche Werke. Neue Original-Ausgabe. In 4 Bde.n. Bd. 1. Göttingen: Verlag der Dieterichschen Buchhandlung, 1844.

Busch, Ernst: Das Verhältnis der deutschen Klassik zum Epos. In: Germanisch-Romanische Monatsschrift 29 (1941) S. 257–272.

Büttner, Friedrich: Bemerkungen über die Quantität der Deutschen Sprachlaute, […]. Havelberg:

G. Westphalen, 1843.

Campioni, Giuliano / D'Iorio, Paolo / Fornari, Maria Christina / Fronterotta, Francesco / Orsucci, Andrea (hrsg.): Nietzsches persönliche Bibliothek. Berlin u. New York: Walter de Gruyter, 2003. (Supplementa Nietzscheana 6.)

Claudius, Mathias: M. Cl. Werke. 4 Bde. Bd. 2. Hamburg: Friedrich Perthes, 4. Aufl., 1829.

Clajus, Johannes: Grammatica Germanicæ Lingvæ [...]. Leipzig: Rhamba, 1578.

Cronegk, Johann Friedrich von: Des Freyherrn J. Fr. v. Cr. Schriften. 2. Leipzig: Johann Christoph Posch, 1761.

Denis, Johann Nepomuk Cosmas Michael: Die Gedichte Ossians eines alten celtiſchen Dichters, aus dem Engliſchen überſetzt von M. D. [...]. Bd. 1–3. Wien: Thomas von Trattner, 1768–69.

Dilschneider, Johann Joseph: Verslehre der deutschen Sprache. Köln: Marcus DuMont-Schauberg, 1823.

Donner, Johann Jakob Christian: Homer's Werke. Deutsch in der Versart der Urſchrift von J. J. C. D. Tl. 1: Die Ilias. Homer's Ilias. Deutsch in der Versart der Urſchrift von J. J. C. D. Bd. 1–2: 1–24 Gsg. Stuttgart: Hoffmann'sche Verlags-Buchhandlung, 1855–1857.

Donner, Johann Jakob Christian: Homer's Odyſſee. Deutsch in der Versart der Urſchrift von J. J. C. D. Bd. 1–2: 1–24 Gsg. Stuttgart: Krais & Hoffmann, 2. Aufl., 1865–1866.

Drobisch, Moritz Wilhelm: Über die Formen des deutschen Hexameters bei Klopstock, Voss und Goethe. In: Berichte über die Verhandlungen der Königlich Sächsischen Gesellschaft der Wissenschaften zu Leipzig. Philologisch-Historische Classe 20 (1868) S. 138–160.

Duden. Die Grammatik. Unentbehrlich für richtiges Deutsch. Hrsg. v. Angelika Wöllstein u. der Dudenredaktion. Berlin: Dudenverlag, 9., vollst. überarb. u. aktual. Aufl., 2016. (Duden 4.)

Elit, Stefan: Übersetzungen antiker Klassiker als sprachästhetische Schule der Kulturnation? Positionen um 1800: Friedrich Gottlieb Klopstock und Johann Heinrich Voß. In: Kortländer, Bernd / Singh, Sikander (hrsg.): Das Fremde im Eigensten. Die Funktion von Übersetzungen im Prozess der deutschen Nationenbildung. Tübingen: Narr Francke Attempto Verlag GmbH + Co. KG, 2011. S. 39–58.

Enk, Michael Leopold: Ueber deutfche Zeitmeffung. Mit einem Anhang über die tragifchen

Versmaße. Wien: Beck'sche Universitätsbuchhandlung, 1836.

Espagne, Michel: Voß, Wolf, Heyne und ihr Homerverständnis: In: Toepfer, Georg / Böhme,

Hartmut (hrsg.): Transformationen antiker Wissenschaften. Berlin u. New York: Walter

de Gruyter, 2010. S. 141–156. (Transformationen der Antike 15.)

Feise, Ernst: Der Hexameter in Goethes *Reineke Fuchs* und *Hermann und Dorothea*. In: Modern

Language Notes (MLN) 50 (Apr. 1935) Nr. 4. S. 230–237.

Fränkel, Hermann: Der homerische und der kallimachische Hexameter. In: H. Fr.: Wege und

Formen frühgriechischen Denkens. Literarische und philosophiegeschichtliche Studien.

Hrsg. v. Franz Tietze. München: Carl Heinrich Beck'sche Verlagsbuchhandlung, 2., erw.

Aufl., 1960. S. 100–156.

Garve, Christian: [Rezension zu] Karl Wilhelm Ramlers Oden aus dem Horaz [...] (1769).

In: Neue Bibliothek der fchönen Wiffenfchaften und der freyen Künfte. 10.1. (1770)

S. 58–90.

Gesner, Conrad: Mithridates. De differentiis lingvarvm tvm vetervm tum quæ hodie apud

diuerfas nationes in toto orbe terraru[m] in ufu sunt, Conradi Gesneri Tigurini

Obferuationes. Zürich: Christoph Froschauer, 1555.

Gessner, Salomon: Phillis und Chloe. In: Idyllen von dem Verfasser des Daphnis. Zürich:

Verfasser, 1756.

George, Stefan: Der Teppich des Lebens und die Lieder von Traum und Tod. Mit einem

Vorspiel. Hofenberg 2014.

Goethe, Johann Wolfgang von: Sämtliche Werke nach Epochen seines Schaffens. Münchner

Ausgabe. 6. 1. Hrsg. v. Victor Lange. München: Carl Hanser Verlag, 1986.

Goethe, Johann Wolfgang von: SW (MA), 4.1. Hrsg. v. Reiner Wild. 1988.

Goethe, Johann Wolfgang von: SW (MA), 8.1. Hrsg. v. Manfred Beetz. 1990.

Goethe, Johann Wolfgang von: SW (MA), 15. Hrsg. v. Andreas Beyer u. Norbert Miller. 1992.

Goethe, Johann Wolfgang von: Sämtliche Werke. Briefe, Tagebücher und Gespräche. Frankfurter

Ausgabe. I.17. Hrsg. v. Irmtraut Schmid. Frankfurt a. M.: Deutscher Klassiker Verlag,

1994.

Goethe, Johann Wolfgang von: J. W. v. G. Werke Kommentare und Register. Hamburger

Ausgabe in 14 Bde.n. Bd. 1. Textkritisch durchges. und kommentiert v. Erich Trunz.

München: Verlag Carl Heinrich Beck, 16., durchges. Aufl., 1996.

Goethe, Johann Wolfgang von: SW (FA), II.4(31). Hrsg. v. Volker C. Dörr u. Norbert Oellers.

1998.

Goethe, Johann Wolfgang von: (HA), Bd. 10. Textkritisch durchges. v Lieselotte Blumenthal u.

Waltraud Loos. Kommentiert v. Waltraud Loos u. Erich Trunz. München: Verlag Carl

Heinrich Beck, 12. Aufl., 2002.

Goethe, Johann Wolfgang von: (HA), Bd. 2. Textkritisch durchges. und kommentiert v. Erich

Trunz. München: Verlag Carl Heinrich Beck, 17. Aufl., 2005.

Gottsched, Johann Christoph: Grundlegung einer Deutfchen Sprachkunft, Nach den Muftern

der beften Schriftfteller des vorigen und jetzigen Jahrhunderts abgefaffet von J. Chr. G.

Leipzig: Bernhard Christoph Breitkopf, 1748. S. 476.

Gottsched, Johann Christoph: Verfuch einer Critifchen Dichtkunft durchgehends mit den

Exempeln unferer beften Dichter erläutert. […]. Leipzig: Bernhard Christoph Breitkopf, 4.

sehr verm. Aufl., 1751.

Götzinger, Ernst: Zum deutschen Hexameter. In: Neue Jahrbücher für Philologie und

Paedogogik. 39 (1869), Bd. 100 = n. F. Jg. 15, Abtlg. 2. S. 145–151.

Greene, Roland [u. a.]: The Princeton encyclopedia of poetry and poetics. New Jersey: Princeton

University Press, 4th ed., 2012..

Grotefend, Georg Friedrich: Anfangsgründe der deutschen Prosodie von Dr. G. Fr. Gr. Als

Anhang zu den Anfangsgründen der deutschen Sprachlehre und Orthographie, vorzüglich

zum Gebrauche in Schulen entworfen von Dr. G. M. Roth. Giessen: Georg Friedrich

Heyer, 1815.

Grumach, Ernst / Grumach, Renate (begr.): Goethe Begegnungen und Gespräche. Bd. V: 1800–

1805. Hrsg. v. Renate Grumach. Berlin u. New York: Walter de Gruyter, 1985.

Gruppe, Otto Friedrich: Deutfche Ueberfetzerkunft. Mit Befonderer Rückficht auf die

Nachbildung antiker Maaße, Nebft einer historifch begründeten Lehre von deutfcher

Silbenmeffung. Ein Supplement zu jeder deutfchen Literaturgefchichte. Hannover: Carl

Rümpler, 1859.

Habermann, Paul / Mohr, Wolfgang: Hebung und Senkung. In: Reallexikon der deutschen
Literaturgeschichte. Begr. v. Paul Merker / Wolfgang Stammler. 2. Aufl. Neu bearb.
u. unter redaktioneller Mitarbeit v. Klaus Kanzog sowie Mitwirkung zahlreicher
Fachgelehrter. Hrsg. v. Werner Kohlschmidt / Wolfgang Mohr. 5 Bde. Berlin 1958–1988.
Bd. 1: A–K. Berlin: Walter de Gruyter & Company, 1958.

Halporn, James W. / Ostwald, Martin / Rosenmayer, Thomas G: The Meters of Greek and Latin
Poetry. Revised Edition. Indianapolis / Cambridge: Hackett Publishing Company, Inc.,
1994.

Hamerling, Robert: Der König von Sion. Epifche Dichtung in zehn Gefängen von R. H.
Hamburg und Leipzig: Jean Paul Friedrich Eugen Richter, 1869.

Hankeln, Roman: Kompositionsproblem Klassik. Antikeorientierte Versmetren im Liedschaffen
J. F. Reichardts und einiger Zeitgenossen. Köln / Weimar / Wien: Böhlau Verlag, 2011.

Häntzschel, Günter: Johann Heinrich Voß. Seine Homer-Übersetzung als sprachschöpferische
Leistung. München: Verlag Carl Heinrich Beck, 1977. [Zetemata 68.]

Hauptmann, Gerhart: Des großen Kampffliegers, Landfahrers, Gauklers und Magiers Till
Eulenspiegel Abenteuer, Streiche, Gaukeleien, Gesichte und Träume von G. H. Berlin:
Samuel Fischer Verlag, 1928.

Hegel, Georg Wilhelm Friedrich: Wissenschaft der Logik. Die Lehre vom Wesen (1813). Neu
hrsg. v. Hans-Jürgen Gawoll. M. einer Einl. v. Walter Jaeschke. Hamburg: Felix Meiner
Verlag, 2., verb. Aufl., 1999. (Philosophische Bibliothek 376.)

Hehn, Victor: Einiges über Goethes Vers. In: Goethe-Jahrbuch 6 (1885) S. 176–230.

Heinrich, Gustav: Deutsche Verslehre zunächst für höhere Lehranstalten [...]. Budapest:
Franklin-Verein, Ungarische literarische Anstalt und Buchdruckerei, 2., verm. u. verb.
Aufl., 1878.

Heinsius, Theodor: Sprachlehre der Deutfchen. In: Teut, oder theoretifch-praktifches Lehrbuch
der gefammten Deutfchen Sprachwiffenfchaft. 1. Berlin: Duncker u. Humblot, 4.,
durchaus verb. u. verm. Ausg., 1825.

Hermann, Gottfried: Orphica. Leipzig: Caspar Fritsch, 1805.

Hermann, Gottfried: Elementa doctrinae metricae. Leipzig: Gerhard Fleischer, 1816.

Hölty, Ludwig: Gedichte von Chr. L. H. H. Wien: Joseph Vinzenz Degen, Buchdrucker und
Buchhandler, 1803.

Heusler, Andreas: Deutscher und antiker Vers. Der falsche Spondeus und angrenzende Fragen.
Straßburg: Karl J. Trübner, 1917.

Heusler, Andreas: Deutsche Versgeschichte. Mit Einschluß des altenglischen und altnordischen
Stabreimverses. Dargestellt von A. H. 3 Bd.e. Berlin: Walter de Gruyter & Co, 2.,
unveränd. Aufl., 1956. (Grundriss der Germanischen Philologie. Unter Mitwirkung
zahlreicher Fachgelehrter. Begründet von Hermann Paul. 8/1–8/3.)

Heyse, Karl Wilhelm Ludwig: Kurzgefaßte Verslehre der deutſchen Sprache zum Schul- und
Haus-Gebrauch. Hannover: Verlag der Hahn'schen Buchhandlung, 2. umgearb. verm.
Ausg., 1825.

Hölderlin, Friedrich: Frankfurter Ausgabe. 3. Frankfurt a. M.: Verlag Roter Stern, 1977.

Humboldt, Wilhelm von: Briefwechsel zwischen W. v. H. und August Wilhelm Schlegel. Hrsg.
von Albert Leitzmann. Halle a. S.: Verlag von Max Niemeyer, 1908.

Humboldt, Wilhelm von: W. v. H.s Gesammelte Schriften. 8. Hrsg. v. Albert Leitzmann. Berlin:
Bernhard Behr's Verlag, 1909.

Jacob, August Ludwig Wilhelm: Homer's Odyſſee überſetzt von Dr. A. L. W. J., […]. Berlin:
Verlag Georg Reimer, 1844.

Jacob, August Ludwig Wilhelm: Homer's Ilias überſetzt von Dr. A. L. W. J., […]. Berlin: Verlag
Georg Reimer, 1846.

Kayser, Wolfgang: Geschichte des deutschen Verses. Bern u. München: Francke Verlag, 1960.

Kelletat, Alfred: Zum Problem der antiken Metren im Deutschen. In: Der Deutschunterricht 16
(1964) H. 6. S. 50–85.

Kitzbichler, Josefine: Poetische Vergegenwärtigung, historische Distanz. Johann Gustav
Droysens Aristophanes-Übersetzung (1835/38). Berlin u. New York: Walter de Gruyter,
2014. (Transformationen der Antike 30.)

Kitzbichler, Josefine / Lubitz, Katja / Mindt, Nina: Theorie der Übersetzung antiker Literatur in
Deutschland seit 1800. Berlin u. New York: Walter de Gruyter, 2009. (Transformationen

der Antike 9.)

Kleist, Ewald Christian von: Der Frühling. Ein Gedicht. Berlin 1749.

Klopstock, Friedrich Gottlieb: Der Meſſias. 1.–3. Gsg. In: Neue Beytråge zum Vergnůgen des
Verſtandes und Witzes. 4.4/5. Bremen und Leipzig: Nathanael Saurmann, 1748. S. 243–
378.

Klopstock, Friedrich Gottlieb: Der Meſſias. Bd. 2. Halle: Carl Hermann Hemmerde, 1756.

Klopstock, Friedrich Gottlieb: Der Meſſias. Bd. 3. Halle: Carl Hermann Hemmerde, 1769. (Wien:
Johann Thomas Trattner (Edler von Trattnern), 1769.)

Klopstock, Friedrich Gottlieb: Die deutſche Gelehrtenrepublik. Ihre Einrichtung. Ihre Geſeze.
Geſchichte des lezten Landtags. Auf Befehl der Aldermånner durch Salogaſt und
Wlemar. Herausgegeben von Kl. Tl. 1. Hamburg: Johann Joachim Christoph Bode, 1774.

Klopstock, Friedrich Gottlieb: Fom deůtſchen Hexameter. In: Ueber Sprache und Dichtkunſt.
Fragmente fon Klopſtock. Hamburg: Heroldsche Buchhandlung (gedr.: Altona: Johann
David Adam Eckhardt), 1779 [1779a]. S. 3–186.

Klopstock, Friedrich Gottlieb: Neůe Silbenmaſſe. In: *Ueber Sprache und Dichtkunſt*, 1779
[1779b]. S. 283–294.

Klopstock, Friedrich Gottlieb: Vom gleichen Verſe. Aus einer Abhandlung vom Sylbenmaaße.
In: Der Meſſias. 4. Halle: Carl Hermann Hemmerde, 1773. S. 3–24.

Klopstock, Friedrich Gottlieb: Grammatiſche Geſpräche von K. Altona: Johann Heinrich Kaven,
1794.

Klopstock, Friedrich Gottlieb: Von der Nachahmung des griechiſchen Sylbenmaßes im
Deutſchen (1756). In: Kl.s ſämmtliche Werke. 10. Leipzig: Georg Joachim Göschen'sche
Verlagshandlung, 1855 [1855a]. S. 1–14.)

Klopstock, Friedrich Gottlieb: Vom deutſchen Hexameter (1769). In: SW/10, 1855 [1855b].
S. 45–56.

Klopstock, Friedrich Gottlieb: Vom Sylbenmaße (1770). In: SW/10, 1855 [1855c]. S. 162–192.

Klopstock, Friedrich Gottlieb:Kl. Der Messias. Bd. I/2: Text. Fr. G. Kl. Werke und Briefe.
Historisch-kritische Ausgabe. (Hamburger Klopstock-Ausgabe). Herausgegeben von
Elisabeth Höpker-Herberg. Berlin u. New York: Walter de Gruyter, 2000.

Klopstock, Friedrich Gottlieb: Kl. Oden. Bd. I: Text. Fr. G. Kl. Werke und Briefe. Historisch-

kritische Ausgabe. (Hamburger Klopstock-Ausgabe). Herausgegeben von Horst

Gronemeyer und Klaus Hurlebusch. Berlin u. New York: Walter de Gruyter, 2010.

Knebel, Karl Ludwig von: K. L. Knebel's literarifcher Nachlaß und Briefwechfel.

Herausgegeben von K[arl] A[ugust] Varnhagen von Ense und Th[eodor] Mundt.

Mit Königl[ich] Württembergischem Privilegium. 2 Bde. Bd. 1. Leipzig: Gebrüder

Reichenbach, 1835.

Korten, Lars: Metrik als Tonkunst. Zur *Zeitmessung der deutschen Sprache* von Johann

Heinrich Voß. In: Baillot, Anne / Fantino, Enrica / Kitzbichler, Josefine (hrsg.): Voß'

Übersetzungssprache. Voraussetzungen. Kontexte, Folgen. Berlin, München, Boston:

Walter de Gruyter, 2015. S. 33–50. (Transformationen der Antike 32.)

Kosegarten, Ludwig Gotthard: Gedichte von L. Th. K. 2 Bde. Leipzig: Ernst Martin Gräff, 1788.

Krauss, Rudolf: Schwäbifche Litteraturgefchichte in 2 Bde.n. Bd. 1. Freiburg im Breisgau /

Leipzig und Tübingen: Verlag von Jacob Christian Benjamin Mohr (Paul Siebeck), 1897.

Lange, Otto: Deutfche Poetik. Formenlehre der deutfchen Dichtkunft. Ein Leitfaden für

Oberklaffen höherer Bildungsanftalten, wie zum Selbftunterricht von Dr O. L, [...].

Berlin: Rudolf Gaertners Verlagsbuchhandlung, neu bearb. (v. Richard Jonas), 5. Aufl.,

1885.

Lappe, Karl: Gedichte von K. L. Düsseldorf: Dänzer'sche Buchhandlung, 1801.

Lappe, Karl: Blüthen des Alters von K. L. Stralsund: Löffler'sche Buchhandlung (Carl Hingst),

1841.

Levy, Siegfried: Der deutsche Hexameter und Alexandriner. In: Zeitschrift für deutsche

Philologie (ZfdPh) 54 (1929) S. 329–338.

Linckenheld, Emil: Der Hexameter bei Klopstock und Voss. Strassburg: Buchdruckerei C. & J.

Gœller, 1906.

Lockemann, Fritz: Der Rhythmus des deutschen Verses. Spannkräfte und Bewegungsformen in

der neuhochdeutschen Dichtung. München: Max Hueber Verlag, 1960.

Manso, Johann Kaspar Friedrich: ΒΙΩΝ ΚΑΙ ΜΟΣΧΟΣ. Bion und Moschus von I. C. F. M.

Gotha: Karl Wilhelm Ettinger, 1784.

Minckwitz, Johannes: Homer's Gefänge verdeutfcht von J. M. Th. 1. Die Ilias. Leipzig: Verlag von Wilhelm Engelmann, 1854.

Minckwitz, Johannes: Homer's Gefänge verdeutfcht von J. M. Th. 2. Die Odyssee. Leipzig: Verlag von Wilhelm Engelmann, 1856.

Minckwitz, Johannes: Lehrbuch der deutfchen Verskunft oder Profodie und Metrik [...]. Leipzig: Arnoldische Buchhandlung, 6. Aufl., 1878.

Minor, Jakob: Neuhochdeutsche Metrik. Ein Handbuch. Straßburg: Verlag von Karl J. Trübner, 2., umgearb. Aufl., 1902.

Mnioch, Johann Jakob: Worte der Lehre, des Troftes und der Freude von J. J .M. Görlitz: Karl(?) Gottlieb(?) Anton, 1798. (J. J. M.s fämtliche auserlefene Schriften 1.)

Monjé, Hermann: Homer's Ilias, in Hexametern überfetzt von H. M. Frankfurt. a. M.: Johann David Sauerländer's Verlag, 1846.

Morgenblatt für gebildete Stånde. Jg. 2 (Mai). Tübingen: Johann Georg Cotta'sche Buchhandlung, 1808.

Moritz, Karl Philipp: Verfuch einer deutfchen Profodie. Berlin: Arnold Wever, 1786.

Neubeck, Valerius Wilhelm: Die Gefundbrunnen. Ein Gedicht in vier Gesången. Leipzig 1809.

Neuffer, Christian Ludwig: Kleine epifche Dichtungen und Idyllen. Stuttgart: Johann Scheible's Buchhandlung, 1835.

Neumann, Friedrich: Grundsätzliches zum epischen Hexameter Goethes. Geprüft am I. Gesang von 'Hermann und Dorothea'. In: Deutsche Vierteljahrsschrift für Literaturwissenschaft und Geistesgeschichte 40 (1966) H. 3. S. 328–359.

Nietzsche, Friedrich: N. Werke. Kritische Gesamtausgabe. Hrsg. v. Giorgio Colli u. Mazzino Montinari. Abt. 5, Bd. 2. Berlin u. New York: Walter de Gruyter, 1973.

Nietzsche, Friedrich: Werke. Kritische Gesamtausgabe. Begr. v. Giorgio Colli u. Mazzino Montinari. Weitergeführt von Wolfgang Müller-Lauter u. Karl Pestalozzi. Abt. 2, Bd. 3. Hrsg. v. Fritz Bormann. Berlin u. New York: Walter de Gruyter, 1993.

Noel, Patrizia: Integrating quantitative meter in non-quantitative metrical systems: the rise and fall of the German hexameter. In: Ars Metrica 2006/12. S. 1–12.

Opitz, Martin: Martini Opitii Buch von der Deutfchen Poeterey. In welchem alle jhre eigenschafft vnd zuegehőr grůndtlich erzehlet/vnd mit exempeln außgefůhret wird. Breslau: David Müller, 1624.

Painter, Nell Irvin: The history of White people. New York / London: W. W. Norton & Company, 2010.（ネル・アーヴィン・ペインター『白人の歴史』越智道雄訳、東洋書林、2011）

Patsch, Hermann: Alle Menschen sind Künstler. Friedrich Schleiermachers poetische Versuche. Ber-lin u. New York: Walter de Gruyter, 1986.

Paul, Otto / Glier, Ingeborg: Deutsche Metrik. München: Max Hueber Verlag, 9. Aufl., 1974 (1961).

Platen, August Graf von: Der romantifche Oedipus. Ein Luftfpiel in fűnf Akten [...]. Stuttgart u. Tübingen: Johann Georg Cotta'sche Buchhandlung, 1829.

Platen, August Graf von: Gefammelte Werke des Grafen A. v. P. in 5 Bde.n. 2. Stuttgart u. Tübingen: Johann Georg Cotta'sche Verlag, 1847.

Platen, August Graf von: A. Gr. v. Pl.s fämtliche Werke in 12 Bde.n. Historisch-kritische Ausgabe [...]. 4. Leipzig: Max Hesses Verlag, 1910(4).

Platen, August Graf von: SW, 5. 1910(5).

Platen, August Graf von: SW, 6. 1910(6).

Platen, August Graf von: SW, 11. 1910(11).

Previšić, Boris: Hölderlins asklepiadeische und alkäische Ode – zwei metrische Typologien in einer rhythmischen Tendenz. In: Ars Metrica 2006/12.

Pyrker, Johann Ladislaus: Tunifias. Ein Heldengedicht in zwőlf Gesången von J. L. P. Wien: Karl Ferdinand Beck, 1820.

Pyrker, Johann Ladislaus: Perlen der heiligen Vorzeit. Gefammelt durch J. L. P. Helias der Thesbit. Elifa. Die Makkabäer. Ofen: königlich-ungarische Universitäts-Buchdruckerei (nach John Watts' Art, auf Kosten des Ofner Frauenvereins), 1821.

Pyrker, Johann Ladislaus: Rudolph von Habsburg. Ein Heldengedicht in zwőlf Gesången von J. L. P. Wien: Anton Strauß / Karl Ferdinand Beck, 1825.

Ramler, Karl Wilhelm: Salomon Geßners auserlefene Idyllen in Verfe gebracht von K. W. R. In: Deutfches Mufeum. 1. 1785 (Jan.–Juni). S. 378–396.

Ranke, Leopold von: Weltgeſchichte von L. v. R. 2/2. Leipzig: 3. Aufl.,Verlag von Duncker &
Humblot, 1883.

Reinbeck, Georg: Neue deutſche Sprachlehre zum Gebrauch für deutſche Schulen, [...].
Stuttgart: Franz Christian Löflund, neu bearb., 1812.

Riemer, Friedrich Wilhelm: Mittheilungen über Goethe. Aus mündlichen und ſchriftlichen,
gedruckten und ungedruckten Quellen. 2 Bde. Bd. 2. Berlin: Verlag von Duncker und
Humblot, 1841.

Roßbach, August / Westphal, Rudolf: Theorie der musischen Künste der Hellenen v. A. R. u. R. W.
3.2. Leipzig: Benedictus Gotthelf Teubner, 3. Aufl., 1889.

Saran, Franz: Deutsche Verslehre. München: Carl Heinrich Beck'sche Verlagsbuchhandlung,
1907.

Schiller, Friedrich von: Briefe Schillers und Goethes an A. W. Schlegel, aus den Jahren 1795.
bis 1801. und 1797. bis 1824. nebſt einem Briefe Schlegels an Schiller. Leipzig:
Weidmann'sche Buchhandlung, 1846.

Schiller, Friedrich von: Briefwechſel zwiſchen Schiller und W. v. Humboldt. 2te. verm. Ausg.
Stuttgart: Verlag der Johann Georg Cotta'schen Buchhandlung, 1876.

Schiller, Friedrich von: Sch.s Werke Nationalausgabe. 2.I. Hrsg. v. Norbert Oellers. Weimar:
Hermann Böhlaus Nachfolger, 1983.

Schiller, Friedrich von: NA, 28. Hrsg. v. Norbert Oellers. 1969.

Schlawe, Fritz: Neudeutsche Metrik. Stuttgart: Johann Benedikt Metzlersche Verlagsbuchhand-
lung, 1972.

Schlegel, August Wilhelm (u. Fr. Schl.): Athenaeum. 2.2. Berlin: Heinrich Frölich, 1799.

Schlegel, August Wilhelm: Homers Werke von Voß. In: Charakteriſtiken und Kritiken. 2.
Königsberg: Friedrich Nicolovius, 1801. S. 96–197.

Schlegel, August Wilhelm: Rom Elegie v. A. W. Schl. Berlin: Johann Friedrich Unger, 1805.

Schlegel, August Wilhelm: A. W. S.s poetiſche Werke. 2. Heidelberg: Mohr und Zimmer, 1811.

Schlegel, August Wilhelm: Indiſche Bibliothek. Eine Zeitſchrift von A. W. v. S, [...]. 1.1. Bonn:
Eduard Weber, 1820(1823).

Schlegel, August Wilhelm: Kritiſche Schriften von A. W. v. S. 1. Berlin: Georg Reimer, 1828.

Schlegel, August Wilhelm: A. W. v. S.s fåmmtliche Werke. 2. Leipzig: Weidmann'sche Buchhandlung, 1846(2).

Schlegel, August Wilhelm: SW, 3. 1846(3).

Schlegel, August Wilhelm: SW, 7. 1846(4).

Schlegel, August Wilhelm: SW, 10. 1846(10).

Schmidt, Heinrich: Die antike Compositionslehre, aus den Meisterwerken der griechischen Dichtkunst erschlossen. Leipzig. Friedrich Christian Wilhelm Vogel. 1869.

Schmitzer, Ulrich: Ovids Verwandlungen verteutscht. Übersetzungen der *Metamorphosen* seit dem Mittelalter und der Frühen Neuzeit bis zum Ende des 20. Jahrhunderts. In: Kitzbichler, Josefine / Stephan, Ulrike C. A. (hrsg.): Studien zur Praxis der Übersetzung antiker Literatur. Geschichte – Analysen – Kritik. Berlin u. Boston: Walter de Gruyter, 2016. S. 113–246. (Transformationen der Antike 35.)

Schottelius, Justus Georg: Ausführliche Arbeit Von der Teutſchen HaubtSprache / [...]. (Opus de lingua Germanica.) Braunschweig: Christoph Friedrich Zilliger, 1663.

Schroeter, Adalbert: Geschichte der deutschen Homer-Uebersetzung im XVIII. Jahrhundert. Jena: Hermann Costenoble, 1882.

Schultz, Hartwig: Methoden und Aufgaben einer zukünftigen Metrik. In: Sprache im technischen Zeitalter 41 (1972) S. 27–51.

Schultz, Hartwig: Klopstocks „Längen" und verwandte Verselemente bei Holz und Brecht. In: Wirkendes Wort (WW) 23 (1973) H. 2. S. 111–125.

Sengle, Friedrich: Biedermeierzeit. Deutsche Literatur im Spannungsfeld zwischen. Restauration und Revolution 1815–1848. Bd. II. Die Formenwelt. Stuttgart: Johann Benedikt Metzlersche Verlagsbuchhandlung und Carl Ernst Poeschel Verlag GmbH, 1972.

Sengle, Friedrich: »Luise« von Voß und Goethes »Hermann und Dorothea«. Zur Funktion des Homerisierens (1981). In: Fr. S.: Neues zu Goethe. Essays und Vorträge. Stuttgart: Verlag Johann Benedikt Metzler, 1989. S. 49–68.

Seume, Johann Gottfried: Gedichte v. J. G. S. Jena: Frommann und Wesselhöft, 3., verm. u. verb. Ausg., 1810.

Sievers, Eduard: Altgermanische Metrik von E. S. Halle: Max Niemeyer, 1893. (Sammlung kurzer Grammatiken germanischer Dialekte. Ergänzungsreihe II.)

Sonnenberg, Franz Anton Joseph Ignaz Maria von: Donatoa. Epopöie. von Fr. v. S. Tl. 1–2.

Halle: Societäts Buch- und KunstHandlung, 1806–1807.

Staiger, Emil: Die Kunst der Interpretation. Studien zur deutschen Literaturgeschichte. Zürich:

Atlantis Verlag, 1955.

Steckner, Hans: Der epische Stil von Hermann und Dorothea. Halle a. S.: Max Niemeyer Verlag,

1927.

Stirner, Max: Der Einzige und fein Eigenthum. Leipzig: Verlag von Otto Wigand, 1845.

Stolberg, Friedrich Leopold Graf zu: Homers Ilias verdeutfcht durch Fr. L. Gr. zu. St. 1.

Flensburg u. Leipzig: [Johann Christoph] Kortens Buchhandlung, 2. rechtmäßige Aufl.,

1781.

Thudichum, Georg: Homer's Werke. Bd. 13. Die Homeridifchen Dichtungen. […]. Ueberfetzt

von Dr. G. Th., […]. Stuttgart: Verlag der Johann Benedikt Metzler'schen Buchhandlung,

1870. (Griechische Dichter in neuen metrifchen Ueberfetzungen 75.)

Titz, Johann Peter: J. P. T.ens Zwey Bûcher Von der Kunft Hoch deutfche Verfe und Lieder zu

machen. Danzig: Andreas Hünefelden, 1642. Kpt. 1. Von dem Laut der Sylben. 5. s .p.

Trevelyan, Humphry: Goethe and the Greeks. Cambridge University Press, reissued & first

paberback edition, 1981 (1941).

Uz, Johann Peter: Lyrifche Gedichte. Berlin: Johann Jacob Weitbrecht, 1749.

Uz, Johann Peter: Lyrifche und andere Gedichte. Anspach: Jacob Christoph Posch, neue u. um

die Hälfte verm. Aufl., 1755.

Vilmar, August Friedrich Christian / Grein, Christian Wilhelm Michael: Die deutsche Verskunst

nach ihrer geschichtlichen Entwicklung. Mit Benutzung des Nachlasses von Dr. A. F.

C. Vilmar. bearbeitet von Dr. C. W. M. Grein. Marburg u. Leipzig: N. G. Elwert'sche

Universitäts-Buchhandlung, 1870. (Anfangsgründe der deutschen Grammatik zunächst

für die obersten Klassen der Gymnasien. […]. 3 Tl.e. Tl. 2: Verslehre.)

Viehoff, Heinrich (hrsg.): Archiv für den Unterricht im Deutfchen in Gymnafien, Realfchulen

und andern höhern Lehranftalten. Eine Vierteljahrsfchrift, […]. Jg. 2 / H. 1 (1844).

Düsseldorf: Verlag der Bötticher'schen Buchhandlung.

本書の主要な対象である Voß（Johann Heinrich）の文献は、以下のような略号で挙げる。

[Aeneis[1] Des Publius Virgilius Maro Werke von J. H. V. 2–3. Braunschweig: Friedrich Vieweg, 1799.

[Aeneis[3]] Des Publius Virgilius Maro Werke von J. H. V. 2–3. Braunschweig: Friedrich Vieweg, 3. Ausg., 1822.

[Briefe[1]] Briefe von Johann Heinrich Voß nebſt erlåuternden Beilagen hrsg. v. Abraham Voß. 2. Halberstadt: Carl Brüggemann, 1830.

[Briefe[2]] Briefwechsel zwischen Vofs und Klopstock. In: Zeitmessung der Deutschen Sprache von J. H. V. Hrsg. v. Abraham Voss. Königsberg: Universitäts-Buchhandlung , 2. m. Zus. en u. einem Ahg. verm. Ausg., 1831. S. 200–289.

[Briefe[3]] Herbst, Wilhelm: Johann Heinrich Voss. 2.2. Leipzig: Benedictus Gotthelf Teubner, 1876.

[Briefe[4]] 2. Nachträge zu Goethe-Correspondenzen. Im Auftrage der von Goetheschen Familie aus Goethes handschriftlichem Nachlass hrsg. v. F. Th. Bratranek. V. Familie Voss. In: Goethe-Jahrbuch 5 (1884) S. 38–112.

[Episteln[1]] Des Quintus Horatius Flaccus Werke von J. H. V. 2. Heidelberg: Mohr und Zimmer, 1806.

[Episteln[3]] Des Quintus Horatius Flaccus Werke von J. H. V. 2. Braunschweig: Friedrich Vieweg, 3. Ausg., 1822.

[Ilias[1]] Homers Ilias von J. H. V. Bd. 1–2. Altona: Johann Friedrich Hammerich, 1793.

[Ilias[5]] Homers Ilias von J. H. V. Bd. 1–2. Stuttgart u. Tübingen: Johann Georg Cotta'sche Buchhandlung, 5. stark verb. Aufl., 1821.

[Landbau[DM]] Virgils Landleben. Erſter Geſang. In: Deutſches Muſeum. 1. 1783 (Jan.–Juni). S. 10–16.

[Landbau[1]] Publii Virgilii Maronis Georgicon libri quatuor. Des Publius Virgilius Maro Landbau, vier Gesänge. Übersezt und erklärt von I. H. V. Eutin: Verfasser / Hamburg: Carl Ernst Bohn, 1789.

[Landbau[2]] Des Publius Virgilius Maro Werke von J. H. V. 1. Braunschweig: Friedrich Vieweg, 1799.

[Landbau³] Des Publius Virgilius Maro Werke von J. H. V. 1. Braunschweig: Friedrich Vieweg, 3.

    Ausg., 1822.

[Luise¹] Luise. Ein lændliches Gedicht in drei Idyllen von J. H. V. Königsberg: Friedrich

    Nicolovius, 1795.

[Luise²] Luise. Ein Ländliches Gedicht in drei Idyllen von J. H. V. Tübingen: Johann Georg

    Cottaische Buchhandlung, vollendete Ausg., 1807.

[Odyssee™] Homers Odyſſee, 14. Gsg. überſetzt von J. H. V. In: Der Teutſche Merkur 2/Feb.

    (1779) S. 97–117.

[Odyssee¹] Homers Odeußee euberſezt von J. H. V. Hamburg: Verfasser, 1781.

[Odyssee²] Homers Odyſſee von J. H. V. Bd. 1–2. Altona: Johann Friedrich Hammerich, 1793.

[Odyssee⁴] Homers Odyſſee von J. H. V. Bd. 1–2. Stuttgart u. Tübingen: Johann Georg

    Cotta'sche Buchhandlung, 4. stark verb. Aufl., 1814. (Homers Werke von J. H.V. 3–4.)

[ÜH] Ueber den deutschen Hexameter. In: Zeitmessung der Deutschen Sprache von J. H. V.

    Hrsg. v. Abraham Voss. Königsberg: Universitäts-Buchhandlung , 2. m. Zus.en u. einem

    Ahg. verm. Ausg., 1831. S. 183–199.

[Verhör] Johann Heinrich Voſſens Verhȫr über zwei [die beiden] Ausrufer […]. In: Deutſches

    Muſeum. 1. 1781 (Jan.–Juni). S. 198–222.

[ZM] Zeitmeſſung der deutſchen Sprache von J. H. V. Beilage zu den Oden und Elegieen.

    Königsberg: Friedrich Nicolovius, 1802.

Wackernagel, Wilhelm: Geschichte des deutschen Hexameters und Pentameters bis auf

    Klopstock. Berlin: Finkesche Buchhandlung, 1831.

Wagenknecht, Christian: Deutsche Metrik. Eine historische Einführung. München: Verlag Carl

    Heinrich Beck, 5., erw. Aufl., 2007.

Wessely, Joseph Eduard: Das Grundprincip des deutschen Rhythmus auf der Höhe des

    neunzehnten Jahrhunderts. Leipzig: Theodor Oswald Weigel, 1868.

Wiedasch, Ernst: Homer's Werke Bd. 1–5. Odyſſee, metriſch überſetzt von E. W., […]. Bd.

    1–5. Stuttgart: Verlag der Johann Benedikt Metzlersche Buchhandlung, 1830–1831.

    (Griechische Dichter in neuen metrischen Uebersetzungen 1–5.)

Wiedasch, Ernst: Homer's Werke Bd. 6–12. Ilias, metriſch übersetzt von E. W., […]. Bd.

1–7. Stuttgart: Verlag der Johann Benedikt Metzlersche Buchhandlung, 1835–1843.

(Griechische Dichter in neuen metrischen Uebersetzungen 9–10, 24, 27–30.)

Wieland, Christoph Martin: Der Gepryfte Abraham. Ein Gedicht in vier Gesængen. Zürich: Conrad Orell und Comp[agnie] 1753.

Wilamowitz-Moellendorff, Ulrich von: Griechische Verskunst. Berlin: Weidmannsche Buchhandlung, 1921.

Wolf, Friedrich August: Litterarische Analekten, hrsg. v. Fr. A. W. 1. Berlin: G. C. Nauck, 1817.

Wolf, Friedrich August: Litterarische Analekten, hrsg. v. Fr. A. W. 2. Berlin: G. C. Nauck, 1820.

Zachariae (Zachariä) Justus Friedrich Wilhelm: Murner in der Hôlle. Ein fcherzhaftes Heldengedicht von Fr. W. Z. Rostock: Johann Christian Koppe, 1757.

著者略歴

松波烈（まつなみ・れつ）

　1982年大阪府に生まれる。2005年大阪外国語大学（現・大阪大学外国語学部）卒業。様々な職を経て、2014年に京都大学人間・環境学研究科に入学。2019年京都大学人間・環境学博士。現在、京都大学、大阪歯科大学等の非常勤講師。論文に、「具体詩テキストの自己言及性──前衛言語芸術における伝統的技法の先鋭化──」美学会『美学』249、「少年はなぜ立たされたか──H・v・クライストの戦争──」京都大学大学院人間・環境学研究科思想文化論講座文芸表象論分野『文芸表象論集』6、「古代語への憧憬──19世紀ニーベルング系作品の文体──」京都大学大学院人間・環境学研究科思想文化論講座文芸表象論分野『文芸表象論集』6。

ドイツ語のヘクサメタ

2021年3月25日初版発行　　　　　　　定価はカバーに表示しています

著　者　松波　烈
発行者　相坂　一

〒612-0801 京都市伏見区深草正覚町 1-34

発行所 （株）**松籟社**
SHORAISHA（しょうらいしゃ）

電話：075-531-2878
FAX：075-532-2309
URL：http://shoraisha.com
振替：01040-3-13030

装幀　安藤紫野（こゆるぎデザイン）
印刷・製本　亜細亜印刷株式会社

カバーと扉に使用した画像はShutterstock.comの許可を得ています。

Printed in Japan

ISBN978-4-87984-403-3　C0098